떠나는 용기

혼자 하는 여행이 진짜다

떠나는 용기

혼자 하는 여행이 진짜다

정이안 글·사진

이덴슬리벨

떠날 수 있는 용기,
이것 하나면 된다.

우울하거나 외로울 때, 그리고 일이나 주위 사람들에게 시달려 지쳐 있을 때, 사람마다 이런 감정을 극복하는 방법은 다르다. 주변의 누구는 술로 달래고, 누구는 운동에 집중하고, 누구는 옛 친구들을 불러내어 위로 받으려고 한다는 것을 알고 있다.

솔직히 말하자면 지금까지 나에게도 이런 감정들이 수시로 있었다. 반복되는 진료와 강의 그리고 방송 스케줄 등은 곧잘 나를 지치게 만들었다. 몸과 마음이 지쳐 있을 때는 중요한 결정을 해야하는데도 생각에 몰입이 되질 않아 현명한 판단이 힘들었던 경험도 몇 번 있었다. 그럴 때 나 자신에게 가장 효과적인 치유의 방법으로 스스로 찾아낸 것은 조용히 며칠 혼자 여행을 다녀오는 것이다.

스트레스를 내려놓고 여행지에 홀로 있으면 모든 것을 비워지고 홀가분해지면 행복감이 밀려오기 시작한다. 마음속 가득 기쁨을 채워 돌아오면 떠나기 전에는 곁에 없었던 새로운 것들, 그리고 새로운 사람들이 내 주위를 채우는 것이 신기했는데, 나중에 생각해보니 여행 후 바뀐 것들은 내 주변이 아니라, 나 자신이었던 것 같다.

혼자 떠나면, 내면의 소리에 더욱 귀 기울이고 마음의 이정표를 따라 새로운 경험을 하는 과정을 통해 스스로 치유되는 경험을 맛보게 된다. 지금까지 매 번의 여행이 인생의 터닝 포인트였음을, 인생의 스승이었음을 인정한다.

이런 개인적인 경험을 바탕으로, 스트레스 때문에 화병이나 불면증, 공황 장애 등으로 끝없이 진료실을 찾아오는 환자들에게도 평소 읽고 싶었던 책 두어 권, 그리고 어디서나 음악을 들을 수 있는 도구를 챙겨들고 간단히 짐을 꾸려 조용한 곳으로 혼자 여행을 다녀오라고 말해준다. 연주자들은 현악기의 고운 소리를 얻기 위해 악기를 연주하지 않을 때는 줄을 느슨하게 풀어둔다. 멋진 소리를 내기 위해서는 더 조율하고 줄을 더 죄어야 할 것 같은데, 실제는 그 반대다. 줄을 풀어서 악기의 틀어짐이나 꽉 죄이는 긴장으로부터 벗어나도록 놔두었다가 연주할 때 탄탄하게 다시 조여 긴장을 준다. 악기는 잘 쉰만큼 연주 때 자신이 가진 소리를 더 잘 드러낸다. 주변으로부터, 그리고 자신 스스로 압박을 받고 스트레스가 심한 사람은 엉뚱한 곳에서 삶의 줄이 툭 터져버리기 전에 머리를 식히고 쉬면서 긴장을 풀어줄 필요가 있다.

스스로 계획하고 용기 있게 혼자 떠나는 사람에게 여행이란, 자신과 오롯이 만날 수 있는 명상의 시간이며, 세상을 보는 관점을 바꿀 수 있는 시간이다. 그리고 혼자만의 여행에서 얻을 수 있는 성취감과 자신감은 물론, 이 소중한 경험을 통해 남들과 같은 곳을 가더라도 다르게 여행하는 법을 알게 되고, 주변을 바라보는 안목이 넓어지게 된다. 여행은 단순한 장소의 이동이 아니라 이제껏 자신이 쌓아온 생각의 틀을 벗어나는 작업이기 때문이다.

마음은 있는데 못 떠나는 것은 결국 용기의 문제다. 누구나 혼자 떠나는 여행을 꿈꾸지만 정말로 그렇게 떠날 수 있는 사람은 많지 않다. 평생의 버킷리스트로 삼지만 말고, 그냥 떠나라. 생각보다 그 열매는 달다.

한의사, 그리고 치유 여행자

정이안

contents

01
:

행복한 사람을
만날 수 있는 곳,

부탄

The miraculous Healing journeys of Ian

행복 찾기 | Bhutan

네팔 히말라야 트레킹을 막 끝낸 저녁 시간, 포카라 호수 옆 허름한 식당에서 호수에 비친 마차푸차레Machapuchare(해발 6,993m)를 보며 트레킹의 추억에 젖어 있을 때, 은퇴 후 세계 여행을 하고 있다는 영국인 노신사와 이야기를 나누게 되었다.

가장 가볼 만한 여행지에 대해 이야기하던 중, 그는 아직 부탄 Bhutan을 여행해보지 않았다면 반드시 가보라며 적극 추천해주신다. '다녀오고 나면 자꾸 가고 싶어지는 곳이 될 것', '행복한 사람들을 만날 수 있는 곳'이라며 부탄에 대한 칭찬을 아끼지 않는 것을 보고 관심이 생겼다.

1970년대 중반에서야 세상에 알려지기 시작한 히말라야의 작은 은둔의 왕국, 이 신기한 나라 부탄으로 관광객들이 너도나도 몰려들고 있지만, 부탄 관광국은 'Low Volume High Quality(소규모 고품질)' 관광 정책을 엄격하게 유지하고 있기 때문에 제한된 숫자에게만 비자를 허용하고 있다.

키라 하나로
부탄인의 마음을 사로잡다

방콕을 거쳐 부탄 파로 공항으로 천천히 고도를 낮추는 비행기 창문으로 멀리 히말라야 설산이 보였고, 울창한 숲이 빽빽이 들어선 부탄의 산들이 눈에 들어왔다. 부탄 관광국을 통해 연결된 부탄 현지 여행사 소속의 가이드가 운전사와 함께 지프차를 가지고 공항에 마중 나와 있었다. 기품 있는 부탄 전통의상 차림의 두 남자와 반가운 악수를 하고, 바로 수도 팀푸Thimphu로 향했다.

부탄은 국내를 여행하는 모든 관광객은 의무적으로 관광국과 연결된 현지 여행사의 가이드와 운전수를 고용하도록 법으로 규정하고 있어서 책정된 여행비를 현지 여행사로 미리 송금해야 비자가 발급되고, 부탄으로 입국하는 비행기 탑승도 가능하다. 현지 여행사가 미리 여행자가 여행할 장소와 관련된 통행허가서를 받아두는 등 모든 준비를 다 해주기 때문에 개별 여행자라 하더라도 편안히 여행을 즐길 수 있다. 따로 여행 여정에 대한 준비를 할 필요가 없다.

수도 팀푸에서의 첫날, 시내에서 부탄 여성들이 입는 전통의상인 '키라Kira'를 한 벌 사 입었다. 이후 여행 내내 그 '키라'를 입고 다닌 덕분에 가는 곳마다 현지인으로부터는 전통의상을 입고 다니는 외국인에 대한 고마운 마음과 자부심을, 그리고 관광객들로부터는 부러움과 칭찬을 들을 수 있었다. 부탄인들에게 특별한 장소이자 지방 행정기관과 사원이 함께 있는 요새, '종Dzong'에 드나들 때는 특히 전통의상 위에 남성은 흰색 스카프 '카네Kabney'를, 여성은 붉은색의 긴 스카프 '라츄Rachu'를 착용해야 해서, 라츄까지 제대로 갖춰 입고서 푸나카종Punaka Dzong을 방문했다.

전통의상을 직접 입어보니 기대 이상으로 편했다. 게다가 부탄인이라면 누구나, 어디에서나 입고 다니는 전통의상을 함께 입으니 부탄인들 사이에 편안하게 섞일 수 있어서 심리적으로도 더 안정되었다. 역시 이 나라의 정체성을 지켜주는 가장 효과적인 도구는 전통의상인 '고Gho'와 '키라'라는 생각이 들었다.

부탄 최고의 스타,
국왕 내외를 만나다

푸나카종은 '모추'로 불리는 어머니강과 '포추'로 불리는 아버지강이 만나는 삼각형 모양의 정점에 자리 잡은 까닭에 어느 각도에서 찍어도 한 폭의 그림이 된다. 특히 이곳은 부탄의 초대 국왕의 즉위식이 열리기도 했던 특별한 장소이고, 현재의 젊은 국왕이 평민 출신의 왕비와 결혼식을 올린 사원이어서 특별한 의미를 지닌다. 운이 좋게도 푸나카종에서 마침 기도드리러 사원을 방문한 국왕 내외를 직접 만날 수 있었다.

부탄을 여행하는 사람은 어느 곳을 가든지 부탄의 5대 국왕 지그메 케사르 남기엘 왕추크Jigme Khesar Namgyel Wangchuck와 그의 아름다운 왕비 제선 페마Jetsun Pema의 사진을 볼 수 있다. 특히 지난 2011년 10월 열린 5대 국왕의 결혼식 사진은 도시 곳곳에 걸려 있다. 화려하면서도 위엄 있게 전통의상을 차려입고 기쁨이 가득한 얼굴로 서 있는 국왕이 수줍은 듯 미소를 머금고 있는 아름다운 왕비, 제선 페마의 손을 꼭 잡고 나란히 서 있는 사진은 보는 이로 하여금 저절로 행복감을 느끼게 할 정도다. 이들의 결혼식은 왕실 가족과 측근 그리고 정부 인사들만 초청된 가운데 부탄 전통 방식에 따라 사원에서 조용히 불교의식으로 진행되었는데, 그 결혼식 장소가 바로 푸나카종이다.

푸나카종 입구의 행정기관 건물을 지나 정원을 가로지르자 스님들이 생활하는 사원이 나왔다. 정원에서 잠시 기다리자 국왕 내외가 천천히 마당을 가로질러 사원으로 들어갔다. 입가에 환한 미소를 띠고 여유 있게 사원 안으로 걸어 들어가는 국왕 내외의 모습은 위엄 있지만 권위적이지 않으며, 따뜻한 정이 넘쳐흘렀다.

독특하고 진보적인
정책을 실행하고 있는 나라

부탄에 대해 이야기할 때 국왕 이야기를 안 할 수가 없다. 왜냐하면 부탄인들로부터 지대한 존경을 받고 있는 상징적인 존재이기 때문이

14

다. 17살 어린 나이에 왕위에 오른 4대 왕, 지그메 싱기에 왕추크Jigme Singye Wangchuck(현재 왕의 아버지)는 1974년 즉위식에서 "부탄왕국은 개발이나 성장의 지표인 GDP, GNP 등을 채택하지 않고, GNHGross National Happiness(국민총행복지수)를 높이는 정책을 선택하겠다"고 선포했다. 진정한 행복을 위해서는 경제 성장 못지않게 영적인 진보와 성장이 중요하다고 믿고, 세계에서 가장 독특하고 진보적인 철학과 정책을 실행하겠다고 선포한 것이다. 수단과 방법을 가리지 않고 소득을 높이기 위해 개인의 행복을 희생하고 가족관계가 해체되고 있는 주위의 개발도상국들과 확실한 차별을 보여주는 정책이다.

　왕의 이 같은 선포는 국민 개개인의 행복을 가장 높일 수 있는 방향으로 국가 정책을 수립하겠다는 강력한 의지로 보인다. 그리고 부탄인은 의무적으로 평소에도 부탄 전통복장을 착용해야 하는 법, 건축물은 전통적인 방법으로 흙이나 돌을 이용해서 쌓고 나무로 창문과 지붕을 못 없이 잇거나 엮어 짓도록 하는 법, 전 국토의 3분의 2를 산림으로 보호해야 하는 법, 그리고 외국 관광객들에게 매일 일정한 금액을 내게 해서 국가 수입원의 일부(부탄 국민에게 제공되는 무상의료와 무상교육 비용)로 사용하겠다는 관광법도 만들었다. 부탄의 헌법은 지속가능하고 공평한 사회경제 발전, 그리고 청렴하고 좋은 통치를 지향한다. 이에 따라 국민이 어떻게 느끼고 있는지, 행복도가 낮아지지는 않는지, 어떨 때 행복한지 등 자국민을 위한 행복측정기관을 두고, 그 결과치를 다시 정치에 반영한다. 세계의 어떤 나라가 국민의 행복지수를 정책에 적극 반영하고 있을까?

그리고 세계인들이 부탄에 관심을 가지게 만든 계기는 절대 권력을 지닌 왕이 스스로 왕권을 내려놓고 민주주의를 도입한, 세계 유일의 나라이기 때문이기도 하다. 4대 왕은 현재의 국왕에게 왕위를 물려주기 전에 모든 왕권을 스스로 내려놓고 국민들을 찾아다니며 설득해서 국민 스스로 선거를 치르는 민주주의를 도입하게 한, 세계 유일의 왕이다. 아직도 국민들의 마음속에는 그가 성군으로 자리 잡고 있는데, 국민들의 지극한 존경을 받고 있는 그는 세계에 유래 없는 진정한 리더다.

포브지카 계곡에서
검은목 두루미를 보다

세계적으로 귀한 '검은 목 두루미' 서식지인 빙하 계곡, 포브지카Phobjika 계곡(2,878m)을 둘러보러가는 산길은 꽤나 험악했다. 좁은 산길은 비포장인 데다 군데군데 낙석의 위험이 있었고, 돌 때문에 막힌 곳을 공사하는 구간도 있었기 때문이다. 팀푸를 출발해 히말라야 설산이 멀리 보이는 멋진 광경의 도출라 패스Dochula Pass(3,140m)에서 모닝커피를 마시며 한 시간이나 여유를 부린 까닭에 포브지카 계곡까지는 지프차로도 꽤나 긴 시간이 걸렸다. 도중에 잠깐 점심을 먹은 시간을 제외하고 거의 일곱 시간을 달려 해질 무렵에야 겨우 도착했다.

부탄에서는 건너 마을로 가려면 3,000미터 이상의 고개를 넘어야 하고, 멀리 보이는 설산은 7,000~8,000미터의 히말라야 산맥이라 어디를 가든 주변 경치가 아주 좋다. 그러나 험한 산길과 3,000미터 이상의 고개를 한꺼번에 경험한 포브지카 계곡으로 가는 길은 정말 혹독했다. 포브지카 계곡에서는 10월부터 4월까지 머물다가 티베트로 날아간다는 검은목 두루미를 구경할 수 있다. 자연을 있는 그대로 보존하려는 부탄 정부의 노력 덕분에 세계적인 희귀 동물과 새들을 만날 수 있다.

계곡을 떼 지어 날아다니는 검은목 두루미들을 구경하면서 오전 내내 계곡을 둘러싼 강테이 트레일Gangtay Nature Trail 코스를 걸었다. 코스가 시작되는 하이킹 루트 입구에서 가이드 한 사람과 포브지카 계곡을 여행 중인 티베트 승려 복장을 한 독일 태생의 비구니, 레오니Leoni를 만났다. 히말라야 트레킹과 네팔 곳곳, 그리고 인도와 타이 등 불교와 관련된 곳은 대부분 여행했다는 레오니는 독일에서 교사로 일하다가 인도 여행 중에 접한 불교에 매료되어 비구니가 되었다고 한다. 현재 티베트에서 수행 중인데, 부탄을 여행한 지는 2주 정도 되었다고 한다. 대화를 나누면서 앞서거니 뒤서거니 하이킹 코스를 함께 걷다보니 어느덧 종점인 강테이 사원에 도착했다.

부탄의 성지,
탁상 사원을 올라가다

죽기 전에 꼭 봐야 할 세계 건축 100개 중에 하나로 꼽히는 탁상 사원 Taktshang Goemba(3,140m)은 돌과 나무로 높이 900미터의 가파른 벼랑 위에 지어놓은, 부탄에서 가장 신성한 사원이다. 다른 여행지는 다 생략하더라도 부탄에 왔으면 이곳만은 반드시 가봐야 한다는 가이드의 설명이 아니더라도, 사원으로 향하는 길의 초입에서 바라본 벼랑 위의 사원은 올려다보는 것만으로도 경이로움이 느껴졌다. 가파른 산길을 따라 두 시간쯤 올라가면 절벽 너머로 사원이 보이는, 경치가 기가 막히게 멋진 카페를 만날 수 있다. 카페에서부터 탁상 사원까지는 다시 한참 내리막길이었다가 다시 오르막이 시작되는 힘든 코스다. 돌계단을 한참 내려가는데, 아흔은 족히 넘어 보이는 부탄 할머니가 아들 내외의 도움을 받아 힘겹게 발걸음을 옮기는 모습이 보였다. 느리지만 있는 힘을 다해 한 발자국씩 사원을 향하는 모습에서 진한 불심이 느껴졌다.

신성한 사원에 입장할 때는 소지품과 카메라를 입구에 맡겨야 해서 사원 내부를 사진으로 찍을 수 없다는 것이 여행자로서는 아쉬웠지만, 기도를 위해 이곳을 찾는 현지인들을 위해서는 다행스러운 조치다. 8세기경 고승 파드마삼바바Padma Sambhava가 암호랑이를 타고 이곳에 정착해서 수행했다는 동굴은 이 사원 안에서도 가장 신성한 장소로 여겨지는데, 두꺼운 문으로 막아놓은 동굴 입구에서는 부탄의 먼 외곽 지역과 네팔 그리고 티베트에서 기도하러 찾아온 사람들을 만날 수 있었다. 조용히 그들과 함께 앉아 8세기 때 이곳에서 면벽 수행했을 고승을 생각하며 나도 잠시 묵념.

저녁에는 탁상 사원을 오가느라 쌓인 피로를 '핫스톤 목욕Hot Stone Baths'으로 풀기 위해 현지인들이 많이 찾는다는 쏘모 아줌마네

벼랑 끝에 세워진 탁상 사원으로 가는 길

농가를 찾았다. 목재로 만든 욕조에 물을 붓고, 파로Paro 계곡에서 가져온 둥근 돌들을 장작불에 바짝 달구어서 욕조물에 담그면 물이 금세 뜨거워지고 잘 식지 않는다. 몽가르Mongar 지방에서 많이 생산되는 레몬그라스Lemongrass 허브를 뜨거운 물에 조금 푼 다음 피로에 젖은 몸을 푹 담갔다. 그렇게 한 시간쯤 지나니 여행 내내 걸어서 퉁퉁 부은 다리와 관절의 피로가 싹 가신다. 핫스톤 목욕은 부탄의 농가에서 오래전부터 내려오는 전통 목욕법으로, 종일 농사일로 지친 몸의 피로를 풀기 위해 저녁에 가족들이 해오던 방식이다.

느림의 여유를 아는,
행복한 부탄 국민들

여행하는 동안 부탄의 이곳저곳을 둘러보는 데 많은 시간을 할애하긴 했지만, 어느 곳을 가더라도 가장 인상 깊은 것은 이 나라 사람들의 표정이었다. 어른 아이 할 것 없이 다들 표정이 안정적이고 밝았으며, 생각이 긍정적이고 당당했다. 행동하는 데도 여유와 품격이 느껴졌다. 이 같은 표정은 방콕 공항 게이트에서 부탄행 비행기로 이동하는 버스 안에서부터 느낄 수 있었는데, 첫인상이 남달랐다. 그 표정에서 국민 개개인의 행복감을 높이는 것을 국가의 정책으로 삼고 있는 나라임을 실감했다.

그리고 천 년이 넘는 불교의 역사에서 알 수 있지만 이들의 불심은 상상할 수 없을 정도로 깊다. 거리에는 노숙자가 없고, 나라에

대불(Big Buddha)을 향해 오체투지하는 청년들

는 고아가 없다. 그 이유는 모두가 서로를 존중하고 어려운 형편이 된 이웃을 너나 할 것 없이 돌보아주려는, 뿌리 깊은 그들의 불심에서 나오는 마음가짐 덕분이다. 수도인 팀푸의 거리에서조차 신호등이 없다. 사거리에서 운전자 누구나가 상대편을 먼저 배려하고 양보해주는 나라에서 사실 신호등은 있으나 마나한 것이다. 1인당 국민소득을 기준으로 그들을 보면, 가난한 것이 맞다. 그러나 그들 대부분은 자신의 땅과 집을 가지고 있다. 땅이 없는 자들에게는 이전 국왕이 자기 소유의 땅을 모두 나누어주었고, 현재 국왕은 부자들이 왕에게 기부한 돈으로 땅과 집을 사서 국민들에게 나누어주고 있다. 돈을 벌기 위해 팀푸로 모여든 젊은이들은 빌린 집에서 생활하지만, 그들의 고향에는 부모로부터 물려받은 각자의 땅과 집이 있다. 누가 이들에게 가난하다고 하겠는가.

그리고 국민들은 무료로 교육과 의료서비스를 받을 수 있고, 특별한 사교육 없이도 누구나 영어로 대화가 가능하다. 아이들은 학교 가는 것을 즐겁게 생각하고, 우리 사회의 어두운 문제 중 하나인 왕따나 경쟁으로 인한 우울증 따위는 그곳 학교에는 당연히 없다. 어른들은 오후 4시(여름에는 5시)에는 퇴근해서 아이들을 학교에서 집으로 데리고 가거나, 가족들이 함께 밥을 먹는 저녁 아홉 시가 되기 전까지 친구들과 모여 활쏘기나 다트 게임을 하고 술이나 차를 마시면서 대화를 나누며 논다. 첫눈이 오는 날은 일하다가도 멈추고 가족들과 첫눈을 축하하기 위해 집으로 간다.

여행하는 동안 음력 정월 초하루를 맞이했다. 시내 곳곳의 숲과 공원, 들판에서 피크닉을 즐기는 가족들을 만날 수 있었다. 준비해온 밥을 나눠먹고 둥글게 원을 그리며 즐겁게 전통춤을 추는 사람들, 그 모습에서 가족의 진정한 의미와 여유로운 삶에 대해 생각해보게 된다. 돈이 행복을 보장해주지는 않는다는 것도 말이다.

맛깔스럽고
건강한 유기농 식탁

부탄 사람들은 매운 음식을 좋아하는데, 특히 붉은 고추를 갈아서 요리에 많이 사용한다. 그래서 갈아놓은 고추를 가져다 달라고 주문해서 마음껏 먹을 수 있었는데, 지금껏 여행했던 곳들 중에서는 부탄이 유일하다. 부탄 농가 대부분은 쌀과 채소를 재배하며, 그 양이 충분해 부탄 사람들이 먹고 남은 쌀과 채소를 인도로 수출할 정도다. 게다가 쌀과 채소는 소똥거름을 이용해서 재래 방식으로 재배한다. 요즘 말하는 유기농 재배, 무농약 재배 방식이어서 땅에도 이롭고, 사람에게도 이롭다. 또한 가축을 키우기는 하지만 죽이지는 않기 때문에 육류와 어류는 모두 인도와 타이에서 수입해서 먹는다. 과일도 다양하게 생산하고 있지만, 부탄에서 생산되지 않는 과일은 인도나 타이에서 수입하기 때문에 사시사철 다양한 과일을 먹을 수 있다. 유전자 조작된 콩이며, 화학비료로 키운 쌀과 채소들로 오염되고 있는 세계인들의 식탁에 비해 자연 그대로 재배한 붉은 쌀과 흰쌀, 그리고 다양한 채소와 육류로 맛깔스럽게 차리는 부탄인들의 식탁은 얼마나 건강한 식탁인가.

그리고 부탄 사람들은 음주를 엄청 즐긴다. 한번 마셨다 하면 끝장을 보는 것이 한국의 애주가들과 비슷하기도 하다. 보통은 집집마다 쌀로 만든 전통술 '아라Ara'를 담가놓고 마신다. 전통 농가에서는 일하면서도 마시고, 손님이 찾아오면 환영의 의미로 내놓기도 하고, 하루 농사를 끝내고 집에 돌아오면 따뜻하게 한 잔 데워서 남녀 할 것 없이 마시기도 한다. 맛은 안동소주와 흡사한데, 많이 마신 다음 날에도 뒤끝 없고 속도 편안하다. 아라는 서쪽 부탄보다는 동쪽 부탄 사람들에게 더 친근하다. 손님이 집에 찾아오면 서쪽 부탄에서는 차와 과자를 내오지만, 동쪽 부탄에서는 집에서 담근 쌀로 만든 술, '아라'를 환영의 의미로 내온다.

정말 부러운
부탄 여성들

부탄 여행 중에 흥미로운 것은 집집마다 처마나 대문 입구에 매달아 놓은 남근 상징물이다. 술과 여자를 좋아한 스님의 기행으로 유명한 치미라캉Chimi Lhakhang 사원 입구 마을에는 벽마다 남근 그림으로 가득하다. 그러나 이곳의 남근은 다산과 다복을 기원하고 악귀를 쫓는 의미지, 성적인 의미를 지닌 것은 아니다. 남근 그림을 보고 부탄이 남성 중심 사회인 줄 아는 사람이 있는데, 오히려 정반대다. 여자가 임신하면 뱃속의 아기가 딸이기를 바랄 정도로 부탄은 여성 우대

사회이며 모계 사회다. 기업과 정부기관 각처에서 일하는 여성의 숫자를 보면 남성과 비슷하거나 오히려 더 많을 정도이며, 그 처우도 동등하다. 고학력 기혼 여성들이 결혼이나 육아 때문에 일을 포기하거나, 직장에 계속 다니더라도 남성에 비해 승진이 어렵고 처우가 낮은 한국에 사는 여성으로서 부탄의 여성들은 정말 부러운 '엄친' 딸들이다.

그리고 일부다처제와 일처다부제가 공존하고 있을 정도로 남녀의 역할과 관계가 외부 세계와는 많이 다르다. 그만큼 남녀 교제도 개방적이고, 혼전 성관계와 이혼도 많다. 인간적인 감정에 충실할 뿐, 남녀 간의 사랑을 굳이 제도적으로 구속하지 않을뿐더러 서로 소유하지 않으려는 사회가 바로 부탄이다.

또한 결혼 후 남자가 처가에 들어가서 사는 것이 일반적이며, 이혼을 할 경우에도 여자의 입김이 세다. 여자가 이혼을 요구하면 남자는 반드시 이혼을 받아들여야 하지만, 남자가 이혼을 요구하면 여자는 거부할 수 있다. 만일 합의 이혼하게 되더라도 남자는 재산의 절반을 여자에게 주어야 하고, 자녀 양육 역시 여자에게 우선권이 있다. 이혼한 여자들 대부분은 아이를 친정부모와 함께 키우고 있으며, 남자는 아이 한 명당 자기 월급의 20퍼센트(아이가 많으면 최대 40퍼센트까지)를 여자에게 양육비로 주어야 한다.

이혼 과정에서 힘겹게 자녀 양육권을 가져오더라도 전 남편으로부터 양육비를 받는 경우가 아직은 드문 한국 여자들을 생각할 때 부탄은 이모저모로 부러운 나라다. 사랑은 구속 없이 자유롭게

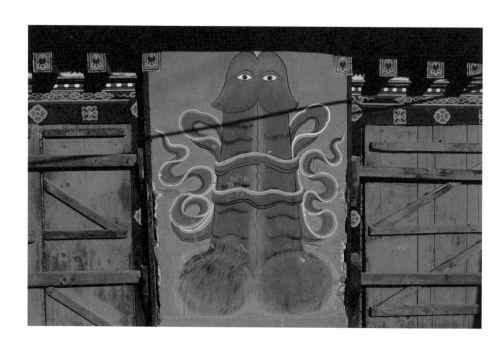

치미라캉 가는 길, 집집마다 벽에 그려 넣은 남근 그림

하되, 부모로서의 책임은 법적으로 철저히 묻는 나라. 아이가 성인이 될 때까지 부모로서의 역할을 다하게 만드는 부탄의 방식을 한국이 따라가려면 얼마나 걸릴까?

쫓기는 삶과의 이별, 느긋함에서 오는 행복감

나의 환자 중에 미영 씨는 성공한 커리어 우먼이었다. 직장을 옮길 때마다 승진을 거듭했고, 젊은 나이에 글로벌 기업의 임원이 되었다. 어느 날 중요한 회의를 진행하던 중 그녀는 갑자기 회의실을 뛰쳐나왔다. 갑자기 목이 막히고 심장이 벌떡거려서 쓰러질 것 같았기 때문이다. 병원에서 받은 진단은 '공황장애'였고, 이후에도 비슷한 경험을 수차례 반복하다가 결국 회사를 그만두었다.

진료실로 나를 찾아온 그녀는 진정제와 항불안제, 수면제를 늘 가지고 다녀야만 하는 중증 공황장애 환자였다. 정확한 시간에 할당된 업무를 하면서 하루하루 쫓기듯 살아가는 삶을 미영 씨의 몸과 마음이 더 이상 원하지 않았기 때문에 자신에게 쉴 수 있는 기회를 준 것인지도 모른다. 부탄에서 이 행복한 사람들과 직접 얼굴을 마주하고 앉아 그들이 사는 모습을 보고, 함께 섞여 시간을 보내다 보면 느긋함에서 오는 여유와 행복감을 느낄 수 있을 것이다. 사실, 미영 씨에게 필요한 것은 '약'이 아니라, '느림의 여유에서 느끼는 행복감'이었을 테니까 말이다.

지구상에
마지막 남은 샹그릴라

부탄을 다녀온 뒤로 머릿속에서 떠나지 않는 생각이 있다. 그동안 개인의 발전과 성장을 위해 미친 듯이 질주해오면서 잃어버리고 살았던 중요한 것들이 얼마나 많았을까 하는 것이다. 느림의 여유, 따뜻하게 타인을 대하는 마음, 환한 미소, 자연과 더불어 사는 즐거움, 소중한 우리의 전통, 스스로 매겨보는 행복지수…. 부탄에는 우리가 잃어버린 중요한 무엇이 존재하고 있다. 발전과 성장을 위한 미친 질주는 중요한 것이 아니라는 분명한 의지를 지닌 나라를 잠깐이나마 들여다보는 것, 그 경험만으로도 부탄 여행은 그 값어치가 충분하다.

수도인 팀푸 시내를 돌아다니는 시티버스 뒷면에는 이런 글이 새겨져 있다.

"Take a ride, and be happy!"

"부탄은 확실히 '지구상에 마지막 남은 샹그릴라(이상향)'가 맞다!"

| 부탄의 전통의학 |

부탄에서는 전 국민에 대한 무상의료서비스가 법적으로 보장돼 있다. 게다가 무상의료는 부탄 국민들에게만 해당되는 사항이 아니라, 관광객도 현지에서 다치거나 아프면 병원 치료나 전통의학 치료를 받을 수 있다. 물론 수술을 해야 하는 상황이거나 질병이 중할 경우는 인도로 옮겨서 치료해야 하지만, 이외의 질병은 부탄 현지에서 치료 가능하다.

부탄에서는 전통의학을 계승한 의사를 '등쵸Dungtsho'라고 부르며, 서양의학을 전공한 의사는 영어 발음 그대로 '닥터Doctor'라고 부른다. 아직 부탄 국내에는 의과대학이 없어서 의학을 공부하려면 인도나 방글라데시로 국비 유학을 가야 한다. 물론유학 후에는 귀국해서 부탄 현지 병원에서 월급의사로 일해야 한다. 전통의학대학은 5년 과정을 졸업하면 '등쵸'가 될 수 있는데, 등쵸는 환자를 진료하고 한약을 처방하며 침봉으로 경혈을 자극하는 치료를 할 수 있다. 또 여기에서 1년을 더 공부해서 침구 전문의Acupuncture Specialist가 되면 침도 놓을 수 있다. 병원과 전통의학병원, 그리고 전국의 200군데가 넘는 진료소에서 근무하는 등쵸와 닥터는 모두 공무원 신분이다. 부탄은 낮은 지역의 고도도 해발 2,200미터를 넘는 고산지대이기 때문에 고산 약용식물이 많다. 등쵸는 이런 고산 약용식물들을 환자에게 처방해서 치료에 많은 효과를 얻고 있으며, 고산지대에서 얻을 수 있는 동충하초冬蟲夏草도 그런 약재 중 하나다.

국립한방병원 진료소 건물

파로 팀푸 푸나카 포브지카 계곡 부탄

| 여행 일정 |

첫째 날 : 인천 → 방콕
둘째 날 : 방콕 → 부탄(파로) / 파로 → 팀푸(자동차로 이동)
셋째 날 : 팀푸 → 도출라 패스 → 포브지카 계곡
넷째 날 : 포브지카 계곡 → 강테이 트레일 코스 → 푸나카
다섯째 날 : 푸나카 → 파로
여섯째 날 : 파로
일곱째 날 : 부탄(파로) → 방콕
여덟째 날 : 방콕 → 인천

| 여행 준비 |

다른 나라를 여행할 때보다 부탄 여행은 의외로 쉽게 준비가 가능하다. 부탄관광국(www.
tourism.gov.bt)이 지정한 부탄 현지 여행사 한 군데를 정한 후 그곳으로 일정을 보낸 다음 견
적서를 받고(1일 체류비용×체류일자＋비자 발급비용＋방콕·부탄 간 국제선 항공료) 돈을 송금하면 여행 준
비는 다된 셈이다. 비자번호와 비행기 티켓(e-ticket)을 이메일로 받아서 출국하면 된다(비자번
호가 찍힌 서류를 부탄에 입국할 때 제출하면 입국비자를 받을 수 있다). 1일 체류비용은 1인당 200달러(비수
기)~250달러(성수기)이며, 그중 65달러는 국민들의 의료비와 교육비 등의 국민 복지비용으
로 내는 일종의 관광세다. 나머지는 순전히 체류비용으로 쓰이는데, 호텔과 식사, 가이드,
운전사 그리고 차량까지 모두 포함되어 있기 때문에 여행자가 따로 준비해야 할 것이 없다.
언어는 영어와 종카어Dzongkha(부탄 전통언어)를 사용한다.

| 비행기 노선 |

비행기는 부탄 국영항공사인 드룩에어Druk Airline(www.drukair.com)와 민간기업 타시그룹
Tashi Group의 부탄에어Bhutan Airline(www.bhutanairlines.bt) 두 가지가 있다. 부탄 국제공항은
수도인 팀푸에서 차로 2시간 거리인 파로에 있는데, 국제선 노선은 방콕-파로, 카트만두-파

로, 싱가포르-파로 노선이 있다(방콕-파로 편도 4시간).

| 여행 시기 |

· 여행 적기 : 3~4월과 9월 말~11월 말(날씨도 좋고, 각종 축제가 열리는 시기)
· 여행을 피해야 할 시기 : 6~8월(열대 몬순기후의 영향을 받아 강수량이 가장 많은 시기)

| 부탄 관련 영화 |

· 리틀 부다(Little Bhuda / 베르나르도 베르톨루치 감독 / 키아누 리브스 주연 / 1993) : 파로종에 가면 〈리틀 부다〉 촬영지를 볼 수 있다.
· 더 컵(The Cup / 키엔체 노르부 감독 / 1999) : 티베트 불교의 큰 스승이자 부탄 출신 영화감독인 키엔체 노르부(키엔체 린포체) 감독이 1999년 연출한 작품. 월드컵 축구 경기에 빠져든 동자승들의 이야기를 영화화한 것으로, 부탄 최초의 장편영화이자 티베트어로 만들어진 첫 영화다.
· 나그네와 마술가(Travellers & Magicians / 키엔체 노르부 감독 / 2002) : 키엔체 노르부 감독의 두 번째 작품.
· 바라, 축복(Vara, a Blessing / 키엔체 노르부 감독 / 2013) : 키엔체 노르부 감독의 세 번째 작품으로, 2013년 부산국제영화제 개막작으로 상영되었다. 당시 키엔체 노르부 감독이 직접 부산을 방문했었다.

| 부탄 관련 책 |

· 세상에서 가장 아름다운 여행(제이미 제파 / 도솔 / 2003) : 캐나다 여성 제이미가 부탄에서 3년간 영어교사로 근무하면서 겪은 이야기를 책으로 낸 것. 부탄 시골 마을의 아이들과 정을 쌓는 모습이 따뜻하게 그려져 있다.
· 부탄과 결혼하다(린다 리밍 / 미다스북스 / 2011) : 여러 나라를 여행하던 미국 여성 린다가 1994년 부탄에서 영어자원교사로 일하다가 만난 부탄 남자와 결혼해서 살아가는 이야기를 책으로 낸 것. 부탄의 매력이 잘 드러나 있다.
· 행복한 나라 부탄의 지혜(사이토 도시야, 오하라 미치요 / 공명 / 2012) : 부탄의 풍습, 생활, 정치, 자연, 행복 등에 대해 상세히 알 수 있는 책. 사진이 곁들여진 간결한 설명으로 누구나 이해하기 쉽다.

02
:

기도하는 자들의
나라,

티베트

간절한 기도 | Tibet

어느 가을, 평소 꿈꿔왔던 히말라야 트레킹을 마침내 끝내고 카트만두Kathmandu에서 여유시간을 보내고 있었다. 잠시 짬이 난 김에 네팔 거주 망명 티베트인들의 사원, 보우더나트Boudhanath에 들러보기로 했다.

늦은 오후, 낮 동안 북적이던 관광객들이 모두 숙소로 돌아간 사원은 적막했다. 드문드문 경전 통(티베트불교 경전이 새겨진 원통형의 '마니차')을 돌리며 불탑 주변을 경건한 얼굴로 걷고 있는 티베트인들의 모습과 간절함이 깃든 '옴 마니 반메훔' 기도 구절을 들으면서 그들의 마음속에 깊이 부처가 자리 잡고 있음을 느꼈다. 문득 그들이 탈출해야만 했던 티베트Tibet라는 나라가 궁금해졌다. 모든 사람들이 티베트인들처럼 달라이 라마의 영적인 환생과 영원한 인연을 믿을 수 있다면 가볍게 스치는 우연의 만남도 모두 귀히 여기지 않을까 생각하면서. 그러던 어느 날 무심코 펼쳐든 신문기사 한 줄, 내 눈이 두 배로 커졌다. 베이징 서역에서 티베트 라싸拉薩까지 달리는 칭짱青藏 열차가 드디어 개통된단다. 마침내 중국 대륙을 횡단해서 티베트를 육로로 들어갈 수 있게 되었다는 사실을 알게 된 그날 밤, 나는 흥분으로 밤잠을 설쳤다.

티베트로 시집간 당나라 문성공주의   칭짱 열차가 달리는 길
눈물길, 하늘길을 달리다   을 중국인들은 '하늘길天
路, 톈루'이라고 부른다. 평
균 해발 4,500미터, 가장 높은 곳이 해발 5,072미터, 그리고 구름 위
원시자연 속을 48시간 동안 달리기 때문이다. 지금 우리는 기차로
이틀이면 달려갈 수 있지만, 그 옛날 조국의 평화를 위해 티베트 왕
에게 시집가야만 했던 당나라 문성공주의 결혼 행렬은 몇 년은 족
히 걸렸을 길이다.

독실한 불교 신자였던 문성공주가 지참했던 결혼예물이 석가
모니상을 비롯해 불교 물품과 불경, 그리고 진귀한 보석과 경전이었
기에 당시 이 하늘길은 티베트에는 문명을, 한족漢族에게는 평화를
가져다주는 복된 길이었으리라. 그러나 중국이 칭짱 철도를 건설한
이유는 지배민족인 한족의 티베트 이주를 본격화해서 티베트를 더
장악하기 위한 것이었다. 결과적으로 티베트인들에게는 무력화와
독립 시위, 망명의 아픈 역사를 앞당기는 눈물의 길이 된 셈이다.

7세기 때 토번을 통일하고 티베트의 부흥을 이끌어낸 송첸캄포 왕, 당시 당나라의 문성공주와 네팔의 브리쿠티 공주를 아내로 맞아들이며 중원의 실세로 당당히 군림했던 송첸캄포 왕이 지금의 조국을 보고 있다면 얼마나 한탄스러울까? 한국 사람들이 광개토 대왕을 영원한 영웅으로 그리는 것처럼, 지금의 티베트 사람들도 송첸캄포 왕 시대의 번영을 내내 그리워하고 있을 것이다.

영혼의 도시,
라싸로 가는 길

베이징 서역에서 난해한 숫자와 기호로 가득한 티켓을 들고 칭짱 열차를 탔다. 오후 8시 30분, 베이징 서역을 출발한 열차는 밤새 시안西安을 지나 란저우蘭州를 향해 달렸다. 그리고 다음 날, 시닝西寧 부근부터 한적한 유목 마을 풍경이 펼쳐졌다. 시닝이 속해 있는 칭하이성青海省부터는 평균 해발고도가 2,200미터로, 차창 밖 풍경이 완전히 달라진다. 드넓은 평야가 펼쳐진 곳 너머로 여러 산맥들과 중간 중간에 흐르는 개천, 그리고 유목민들이 떼 지어 다닌다.

본격적인 고산병과의 싸움은 이렇게 멋진 풍경이 시작될 즈음인 기차 여행 이튿날부터 시작되었다. 침대칸에는 고산 증상 예방을 위해 산소 공급이 되고 있지만, 고산지대에 익숙하지 않은 사람들은 산소가 공급되어도 숨이 막히고 어지러운 증상이 개인별로 다르게 나타난다. 그러다가 기차가 해발 5,072미터인 탕구라산을 넘을 때는 기차 안의 모든 사람들이 두통과 호흡 불편을 호소한다. 탕구라산에서 정점을 찍은 후 고도가 조금씩 낮아지지만, 그래도 라싸까지 평균 해발고도는 4,500미터다. 반복되는 구토로 탈수 증상이 몸을 괴롭히고, 지독한 두통과 발열로 완전히 지쳐나가 떨어질 무렵, 칭짱 열차가 라싸(해발 3,650m)에 도착했다. 티베트인들이 온전한 불심으로 수개월, 수년 동안 오체투지로 찾아오는 신의 땅, 영혼의 도시, 라싸를 기차로 단 이틀 만에 편안하게 달려와서일까? 나 같은 사람에게는 도착도 하기 전에 아픈 몸 때문에 수없이 기도하고, 명상하게 만드는 겸손을 배우게 하는 땅이기도 하다.

라싸에서의 첫 방문지는 병원 응급실

라싸에 도착하면 제일 먼저 어디를 방문할 것인가를 두고 계획도 많이 세웠건만, 라싸역에서 택시를 타고 제일 먼저 찾아간 곳은 어이없게도 병원 응급실이었다. 한족 의사에게서 응급처치를 받은 후 고압 산소마스크를 쓰고, 링거를 꽂고 응급실 침대에 누웠다. 응급실 옆 침대에 나란히 누운 두 명의 한국 여성들과 인사를 나누었는데, 곡성에서 여행 온 보건 지소장들이다. 우연히도 셋 다 동갑이라는 사실이 친밀도를 높여주었고, 우리는 금세 친구가 되었다.

독실한 불교 신자인 나경 씨는 오래전부터 티베트에 와보고 싶었고, 성지순례의 한 방법으로 여행을 왔다고 했다. 그리고 애희

씨는 몇 년간의 힘든 시간을 잘 견뎌낸 자신을 축하하기 위해 왔다고 했다. 이후 우리 셋은 한 팀이 되어 티베트 여행이 끝날 때까지 함께했다. 한국에서부터 작정하고 함께 출발하는 것보다 이렇게 서로 다른 성장 과정과 조건, 여행 목적을 가지고 여행하다가 우연히 만나 동행하는 것이 더 나을 때도 있다. 티베트에서는 이 친구들이 있어 한결 여행이 감성적으로 더 풍부해졌다.

신의 땅에 있는
달라이 라마의 궁전들

티베트 사람들은 라싸가 명당 중의 명당이란다. 해발고도 3,650미터에 위치한 라싸는 사면이 높은 산으로 둘러싸여 있어 구름은 낮고 하늘은 푸른 작은 분지여서 겨울엔 따뜻하고, 여름엔 시원하기 때문이다. 1300년 전에 이 땅을 수도로 정했다는 송첸캄포 왕은 라싸의 특별한 기운을 느꼈을까?

영화 〈티베트에서의 7년〉을 보면, 주연을 맡았던 브래드 피트가 포탈라궁Potala Palace에서 달라이 라마와 승려들과 함께 생활하는 장면이 나온다. 히말라야 최고봉 중 하나를 원정하러 갔다가 영혼의 나라 티베트에서 달라이 라마의 제자가 되는 줄거리다. 이 영화는 삶보다 죽음을 더 중요하게 여기는 티베트인들, 그리고 이들을 이끄는 달라이 라마, 그리고 영혼의 나라 티베트를 서양인은 어떤 관점으로 묘사하고 있는지를 보여준다.

라싸에서는 평지를 천천히 걸어도 산소가 부족해 빨리 걷기 힘들고 숨이 막힐 지경이라, 포탈라궁으로 올라가는 수많은 계단을 쉬지 않고 오르는 일은 거의 불가능하다. 중간 중간 쉴 수밖에 없는데, 몇 계단만 올라가도 머리가 깨질 듯이 아프고 가슴이 터져나갈 것처럼 숨이 차기 때문이다. 라싸에서 고산증이 가장 덜한 곳은 티베트 예술의 걸작으로 꼽히는, 달라이 라마의 아름다운 여름궁전, '노블링카Norbulingka'다.

노블링카궁은 강가에 위치한 데다 궁전 안에 조용한 개울과 울창하게 우거진 숲이 있어서 라싸에서 산소가 가장 많은 곳이다. 건강이 나빴던 달라이 라마 7세가 요양을 위해 이 여름궁전에 자주 머물렀던 이유 중 하나는 아마도 이곳에 치유의 힘이 있어서일 것이다.

기도하는 이들의 성지,
조캉 사원의 새벽

라싸에서 가장 마음을 빼앗긴 곳은 송첸캄포 왕이 지은 조캉 사원Jokhang Temple이다. 티베트 불교의 진정한 중심이라고 알려진 이 사원을 직접 보는 것이 내가 라싸에 온 이유였다고 해도 틀린 이야기는 아니다. 티베트 지도를 여인(나찰녀)의 형상으로 그려놓은 탱화를 보면, 조캉 사원이 심장 위치에 그려져 있을 정도로 이곳은 티베트인들에게는 정신적 메카다. 당나라의 문성공주가 시집올 때 가져온 12살 석가

조캉 사원의 새벽, 기도 드리는 여인

모니 등신상을 이 사원에 모셨고, 티베트인들은 이 불상을 보는 것을 석가모니를 만나는 것으로 여겨왔다. 그리고 이 불상에 참배하는 것을 평생의 염원으로 생각하고, 이 사원을 신성시한다. 조캉 사원은 같은 장소여도 시간대가 다르면 완전히 달라 보인다. 낮에 사원 주변을 에워쌌던 관광객들이 새벽 시간엔 거의 없다. 새벽 시간은 오직 티베트인들이 기도드리는 시간일 뿐이다.

사원 외곽은 새벽부터 기도드리러 온 티베트 사람들의 행렬로 가득 찬다. 먼 곳에서 찾아온 순례자들은 우선 조캉 사원 외곽을 시계 방향으로 크게 돈다. 나도 그들과 함께 섞여 바코르八角街를 함께 돌았다. 이 사원에서 가장 인상적인 곳은 광장이었다. 늘 수많은 순례자들이 오체투지를 하는 곳이기 때문이다. 나도 그들과 함께 광장에 그냥 앉아보았다. 절하는 그들의 얼굴에서는 성취감과 평화로움, 그리고 신에게 가까이 다가왔다는 안도감이 엿보였다. 나도 모르는 사이에 경건한 마음으로 내 삶을 돌아보게 되었다. 그 순간, 참으로 평화로웠다.

조캉에서 생각난 그녀, 세로토닌이 필요하다

이른 새벽부터 사원 광장에 자리를 잡고 열심히 기도 중인 티베트인들과 함께 앉아 있으니, 여행을 떠나오기 전까지 치료를 해주었던 K가 생각났다. K는 남자친구와 결혼을 준비하는 과정에서 혼수 문제로

양가가 서로 잊을 수 없는 상처를 줬고, 결국 그것을 극복하지 못하고 파혼했다. K는 그 이후에 직장도 그만뒀고, 우울증 때문에 자살을 시도하기도 했다.

우울증을 앓는 사람들은 일반인보다 행복감을 느끼게 해주는 뇌 활성물질인 세로토닌 수치가 현저히 낮다. 그리고 우울증 때문에 자살을 시도하는 사람들은 자살을 시도하지 않았던 사람들보다 세로토닌 활성도가 약 50퍼센트 정도 더 낮다. 우울증 치료는 뇌에서 분비하는 세로토닌의 활성도를 높여야 자살 시도를 낮출 수 있고, 행복감과 자기존중감이 회복된다. 그리고 감정은 옆사람에게 전이되는 경향이 있다.

새벽의 조캉 사원은 세로토닌의 보물창고다. 만일 K가 새벽의 조캉 사원을 직접 체험할 수 있다면, 이 사람들로부터 기쁨과 충만함을 얻어갈 수 있을 것이다. 여행에서 돌아가면 K에게 꼭 라싸의 조캉 사원을 새벽에 가보라고 해야겠다.

세상에서 가장 높은
하늘 호수, 남쵸 호수

라싸에 도착한 지 3일쯤 지나자 몸이 고도에 적응되어진다. 그리고 4일째 날, 드디어 해발 4,718미터에 있으나 먼 과거에는 바다였다고 전해지는 남쵸 호수Namtso Lake를 하루 동안 다녀왔다. 라싸를 벗어나자마자 황량한 국도가 이어졌다. 도로 위에서 오체투지로 라싸를 찾

하늘과 맞닿은 남쵸 호수

아가는 순례자들이 간간이 보였다. 그리고 눈에 보이는 언덕마다 꼭대기에서 펄럭이고 있는 오색 타르쵸는 내가 있는 곳이 티베트임을 실감하게 해주었다(티베트인들은 불교 경전을 깨알같이 적어 넣은 타르쵸 깃발이 바람에 펄럭일 때마다 불경들이 퍼져나가서 소원하는 바를 이루게 해준다고 믿는다!).

차로 3시간을 달려 숨 막히고 어지러운 해발 5,170미터 고개를 넘어서자 드디어 눈앞에 바다 같이 넓은 호수가 모습을 드러냈다. 티베트인들에게 이 호수는 수호신이 사는 신령한 곳이다. 티베트인들은 호수 주변을 순례하면 공덕이 쌓이고, 호수 물로 목욕하면 일생의 죄가 씻긴다고 믿어왔다. 언덕에 매어놓은 타르쵸 가까이 다가가서 펄럭이는 모습을 카메라에 담았다. 눈으로는 보이지 않지만, 카메라 렌즈로는 하늘을 향해 불경들이 펄럭이며 날아가는 모습이 담길 것 같았다. 7,000미터 이상의 고산들이 호수 주변을 감싸 안고 하얀 구름이 호수 가까이에 붙어 있는 이곳, 바람소리만 들리는 이곳에서 몸과 마음의 평안을 느꼈다.

라싸 뒷골목,
동충하초 거리

라싸의 구시가 뒷골목을 걷다보면 이발소, 미장원, 한의원, 약초시장, 푸줏간 등 서민들이 사는 모습을 그대로 볼 수 있다. 특히 무슬림 사원 근처에 빽빽이 들어서 있는 티베트 동충하초 판매점들은 직업의식이 발동해서 그냥 지나칠 수가 없었다.

동충하초는 겨울철 곤충(보통은 누에)의 애벌레 속에 침입한 버섯 종균이 그 애벌레의 양분을 빨아먹고 자라서 버섯이 돋아난 것을 말한다. 면역력 증강, 피로회복, 만성 호흡기 질환에 효과가 있기 때문에 요즘 중국 부자들이 티베트, 윈난, 칭하이산 동충하초를 엄청나게 사들인다. 한국에서는 양식 동충하초를 구할 수밖에 없지만, 이곳에서는 해발 4,000~5,000미터 고지에서 나온 자연산 동충하초를 구할 수 있다. 물론 가격은 엄청 비싸다. 판매 상인에게 티베트산 동충하초에 대한 설명을 듣고 직접 눈으로 확인해보는 귀한 경험을 할 수 있었다.

떠먹는 요구르트 '쇼'를
즐겨먹는 티베트인들

티베트에서는 '요구르트 축제'로 더 잘 알려진 '쇼뙨' 축제가 매년 라싸에서 열릴 정도로 요구르트에 대한 관심이 많다. 그래서인지 많은 티베트인들이 요구르트를 좋아하고, 자주 먹는다. 쇼뙨은 17세기경부터 시작된 티베트 전통 축제 중 하나로, '쇼'는 요구르트를, '뙨'은 축제를 의미한다. 이 축제는 3개월의 수련을 끝낸 승려들이 마을로 돌아오는 것을 축하해주기 위해, 또 수련받는 동안 잘 먹지 못한 승려들을 위해 좋은 요구르트를 먼저 대접했던 것에서 유래했다.

여행 중 쉬어가는 곳마다 주문해서 먹을 수 있는 '쇼' 덕분에 무척 행복했다. 워낙 요구르트를 좋아하기도 하지만, 티베트 요구르트 맛은 정말 상상 이상의 만족감을 주었다. 시큼하면서도 풍부한 맛의 이 떠먹는 요구르트는 한국 어디에서도 먹어보지 못했던 것 같다. 요구르트에 풍부한 유산균은 장 속의 세균들이 만들어낸 독소들로 인한 노화를 막아주는 정장整腸작용을 한다. 그런 점에서 매일 유산균 발효유를 섭취하는 것은 좋은 장수법이다. 나이가 들수록 음식물이나 약물, 스트레스로 인해 유산균 수가 감소해 노인이 되면 어린이 장 속에 있는 유산균 수의 20퍼센트 정도로 줄어들기 때문이다. 티베트인들의 건강을 지켜준 음식은 단연 그들이 자주 먹고 좋아하는 '쇼'였을 것 같다.

티베트 스타일 최초의 부티크 호텔

라싸의 구시가 뒷골목을 걷다가 우연히 발견한 고풍스러운 티베트 스타일 건축양식의 부티크 호텔, 하우스 오브 샴발라House of Shambhala(www.shambhalaserai.com). 룸이 10개밖에 안 되는 작은 호텔이지만 티베트다운 기운이 강하게 느껴지는 공간이었다. 마침 룸에서 막 나오는 커플을 만나, 방 안을 구경할 기회를 얻었다.

크지는 않지만 컬러풀한 티베트 전통 문양으로 장식한 실내, 나무와 돌로 만든 티베트 앤티크 가구 등으로 이루어진 내부는 아주 훌륭했다. 라싸에 또다시 오게 된다면 꼭 여기서 묵고 싶다고 하자, 실내 사진을 찍을 수 있도록 배려해주었다. 이스라엘에서 왔다는 커플은 라싸에 묵으면서 시간을 두고 티베트 여기저기를 여행하고 있단다. "조캉 사원, 새벽에 가보셨어요? 너무 너무 감동적이에요." 이 의견에는 그들도, 우리도 모두 동감이다.

마이요의 발레, 〈신데렐라〉의
베르니스와 세 번 마주치다

귀국 일정은 라싸에서 베이징을 거쳐 서울로 돌아오는 항공편을 선택했다. 베이징에서 하루를 묵으면서 중국판 오페라하우스, 국가대극원國家大劇院을 둘러보기 위함이었다. 인공 호수 위에 떠 있는 거대한 UFO를 연상시키는 거대한 이 건축물은 낮보다 밤이 더 아름답다.

티베트로 출발하기 전에 인터넷으로 예약해둔 공연은 세계 최정상 컨템포러리 발레단인 몬테카를로Montecarlo 발레단의 '장 크리스토프 마이요Jean Christophe Maillot'가 안무한 발레 〈신데렐라Cinderellas〉. 유리구두 대신 금가루를 묻힌 맨발의 신데렐라도 좋았지만, 요정 엄마로 나오는 '베르니스 코피에테르Bernice Coppieters'의 관능적이면서도 그로테스크한 춤이 역시 압권이었다.

그리고 다음 해 봄, '예술의 전당' 카페테라스에서 다시 베르니스를 만났다. 나는 베이징 오페라하우스에서 공연한 작품을 봤다는 인사와 함께 사진촬영을 요청했고, 그녀는 흔쾌히 함께 사진을 찍어주었다. 가을에 있을 국립발레단 공연의 안무지도를 위해 한동안 서울에 머물 예정이란다. 마이요 안무의 〈로미오와 줄리엣〉 트레이너로서 말이다. 그해 가을, 예술의 전당 오페라하우스 입구에서 아름답게 차려입고 관람객들과 인사를 나누는 베르니스와 또 마주쳤다. 그녀는 나를 알아보았고, 우리는 서로 크게 웃었다. 일 년도 안 되는 사이에 베르니스와 세 번을 마주치다니…, 이렇게 서로를 기억하는 인연이 된 것도 티베트와 라싸의 신성한 힘 덕분은 아니었을까?

떠나봐야 자신과 세상을 재발견할 수 있다

여행을 다녀온 후 달라이 라마의 트위터에 팔로우 신청을 했다. 매일 타임라인에 올라오는 그의 글을 읽으며, 어느 날 오전 라싸에서 한가롭게 거닐었던 그의 여름궁전 노블링카를 떠올린다. 구름 걸린 건너편 산이 내려다보이는 포탈라궁 계단에 앉아서 적었던 여행 수첩을 지금도 가끔 꺼내본다.

"여행의 목적은 마음의 우물을 파는 것이다. 여행하는 동안 우리의 마음속에는 감성이라는 물이 차오른다. 감성의 물이 마음속에 채워지면 세상이 아름다워진다. 행복한 인생이 열린다. 길 잃기를 두려워말고 떠나라. 길을 잃은 자만이 다시 시작할 수 있다. 떠나라. 그래야 자신과 세상을 재발견할 수 있다."

"기도하는 이들의 성지, 조캉의 새벽이 나는 늘 그립다!"

| 고산병 처치와 예방 |

고산병 관련 정보

물을 많이 마시는 것이 큰 도움이 된다. 고산지대에서는 소화불량이나 변비, 설사
에 시달리는 사람들이 의외로 많다. 이것도 고산병 증상의 일종인데, 기본적으로
변비약, 설사약, 소화제 정도는 준비해서 가는 것이 좋다. 또한 고산지대에서 고산
병으로 병원 치료를 받아야 할 경우도 있으니, 출발 전에 반드시 여행자보험에 가
입하는 것이 좋다. 병원에서 치료받게 되면 의사 소견서, 치료 영수증을 받아두었다
가 귀국 후에 보험사에 치료비를 청구하면 된다.

고산지대에서는 술을 마시고 자면 다음 날 고산증으로 더 고생한다. 흡연도 물론
좋지 않다. 그리고 고산지대에서는 머리를 감거나 샤워를 하고 나면 고산증이 심해
진다. 특히 뜨거운 물로 샤워하면 심장박동이 빨라지므로 금물이다.

고산병 관련 약품

· 홍징티엔紅景天 : 고산식물의 일종으로 산소 부족에 도움이 되는 저항력을 높이고
  면역력을 보강해주는 효능이 있다. 2주 전부터 복용을 시작해야 효과가 있으니
  출발하기 전부터 복용하는 것이 좋은데, 알약도 있고 마시는 약도 나와 있다.

· 까오위엔닝高原宁 : 해발 2,000미터부터 먹기 시작하면 된다.

· 다이아막스Diamox : 이뇨제의 일종. 한국에서는 의사 처방전이 있어야만 구입할
  수 있으나, 중국에서는 그냥 구입할 수 있다. 해발 2,500미터 이상의 장소에 가기
  하루 전날부터 아침저녁으로 1일 2회 1알씩 복용하면 된다. 대부분은 괜찮지만,
  드물게 발진이나 손발 저림 증상이 나타날 수 있다. 고산병 초기에는 도움이 되
  지만, 지속적으로 4~5일 이상은 먹지 않는 것이 좋다.

· 비아그라Viagra : 이 약도 남녀 불문하고 고산병 초기에 도움이 되는데, 1회 25밀
  리그램 복용으로 충분하다.

이안의 여행 수첩

| 여행 일정 |

첫째 날 : 인천 → 베이징

　/ 베이징 서역에서 칭짱 열차 탑승(20:30)

둘째 날 : [칭짱 열차 1일차] 시안(西安) → 란저우(蘭州) → 시닝(西寧)

셋째 날 : [칭짱 열차 2일차] 라싸 도착(18:30)

넷째 날 : 라싸

다섯째 날 : 라싸

여섯째 날 : 남쵸 호수

일곱째 날 : 새벽 조캉 사원 / 라싸 → 베이징(비행기)

여덟째 날 : 베이징 / 오페라하우스 – 발레 〈신데렐라〉 관람

아홉째 날 : 베이징 → 인천(비행기)

| 티베트 관련 영화 |

· 티베트에서의 7년(Seven Years in Tibet / 장 자크 아노 감독 / 브래드 피트 주연 / 1997) : 오스트리아의
유명 등반가 하인리히 하러의 실화를 바탕으로 만들어진 영화.

· 쿤둔(Kundun / 마틴 스콜세지 감독 / 1999) : 환생한 14대 달라이 라마가 티베트 국경을 넘어 인
도 북부 다람살라로 망명하기까지의 과정을 그린 영화. 티베트의 실상을 영화화한 것으
로 중국에서는 상영 금지다.

| 티베트 관련 책 |

· 달라이 라마가 들려주는 티베트 이야기(토머스 레어드 / 웅진지식하우스 / 2008) : 티베트 전문가
인 저자가 달라이 라마와 만나 3년간 나눈 이야기를 담고 있는 책.

· 달라이 라마와 함께 지낸 20년(청전 / 지영사 / 2006) : 한국 승려가 인도에 망명 중인 달라이
라마와 함께 지낸 20년간을 기록한 책.

03
:

하늘과 맞닿은
히말라야 트레킹,

네팔

스스로 격려하기 | Nepal

나의 로망,
히말라야 트레킹

1980년대에 히말라야 트레킹을 다녀오셨던 아버지가 평소 들려주셨던 설산, 당나귀, 야크, 고산 마을에 사는 사람들 이야기는 나 또한 언젠가는 히말라야로 트레킹을 떠나겠다는 꿈을 꾸게 만들었다.

또한 네팔Nepal은 1814년부터 영국의 식민 지배를 받았던 나라로, 영국 BBC가 '죽기 전에 꼭 가봐야 할 곳'으로 선정한 곳이며, 인더스 문명의 발상지 인도 그리고 히말라야의 전설에 싸인 신비로운 땅이기도 하니 언젠가 한 번은 가봐야만 할 곳이라는 생각이 들었다.

최근 대한항공 직항편이 생긴 이후로 한국 단체 관광객 수가 급증하고 있다는 이야기를 들었다. 특히 안나푸르나 베이스캠프 Annapurna Base Camp, ABC(해발 4,150m) 루트에는 한국인 단체 여행객들이, 푼힐

Poon Hill(해발 3,210m) 트레킹 루트에는 중국 여행객들이 줄지어 등반하고 있어서 여기가 한국인지 중국인지 헷갈릴 정도라는 정보와 함께. 앞으로 히말라야를 제대로 만나보려면 라운딩 루트나 좀솜Jomsom, 랑탕Langtang, 무스탕Mustang 트레킹 쪽으로 여행해야 할 듯싶다. 10여 명의 포터와 가이드, 심지어 한국 요리를 만들어 식탁을 차려주는 요리사들까지 데리고 20여 명이 몰려다니는 단체 여행객들을 피해 히말라야의 정취를 온전히 느끼려면 말이다.

카트만두 그리고 타멜 거리의 '빌라 에베레스트'

트리뷰반Tribhuvan 국제공항에서 카트만두 시내로 들어가는 택시 안에서 내다본 전경은 낡은 자동차와 사람, 먼지, 소들, 그리고 빵빵거리는 클랙슨 소리까지 뒤엉켜서 큰길, 작은 길 할 것 없이 복잡했다. 내가 네팔에 도착한 때는 왕과 왕비 그리고 왕세자가 총격으로 사망한 후 나라 전체에 비상사태가 선포된 상황이었고, 공산당인 반정부군들이 게릴라처럼 산속에 숨어 있는 시기였다.

　나라 전체가 뒤숭숭할 때여서 여행객에게 위험하지 않을까 생각했는데, 첫날 호텔 인포메이션 데스크에서 얻은 정보로는 괜찮을 것 같았다. 네팔이 트레킹 관광객으로부터 얻는 수입이 워낙 막대해서 외국인에게 직접 해를 입히는 일은 거의 없다는 것이다. 간혹 거리에서 장총을 멘 군인들이 보였지만, 반군의 총격이나 왕의 신변보호를 위한 대책인 모양이니 조금은 안심이 되었다.

　타멜Thamel 거리는 히말라야 트레킹을 목적으로 온 외국인들이 트레킹을 준비하기 위해 또는 트레킹 후에 잠시 쉬었다 가기 위해 머물면서 꼭 한 번씩은 들르는 곳이다. 동국대학교 산악부 출신의 산악인 고 박영석 대장이 운영하던 '빌라 에베레스트'에 먼저 들렀다. 네팔인 지배인이 한국말로 반갑게 맞아주었는데, 히말라야 원정대의 전초기지답게 각종 행정업무와 기본 수준의 숙소, 그리고 식당도 겸하고 있었다. 웬만한 여행지에서는 일부러 한국 식당이나 숙소를 피하는 편인데, 타멜 거리의 이곳은 수많은 원정대가 들렀던 역사가 느껴져 고향처럼 푸근했다.

　빌라 에베레스트는 2011년 박 대장이 안나푸르나 남벽에서 코리안 루트를 개척하다 사망한 이후, 박 대장의 친구인 네팔인이 운영하고 있다.

네팔의 바라나시,
파슈파티나트 사원

숙소 근처 여행사에서 트레킹 허가증을 신청했더니 몇 시간쯤 기다리란다. 이렇게 생긴 한나절의 여유시간 동안 나는 인력자전거를 타고 파슈파티나트Pashupatinath 사원을 찾아갔다. 인도 갠지스 강변의 '바라나시Varanasi'가 화장터이자 성지로서의 상징적인 곳이라면, 네팔에서는 바그마티Bagmati 강변의 파슈파티나트 사원에 있는 '아리아 가트Arya Ghat'

화장터가 그런 곳이다. 네팔인들에게 이곳은 죽어서라도 가고 싶은 곳이며, 여기서 화장하면 윤회를 벗어나 해탈에 이를 수 있다고 믿는 최고의 성지다.

마침 사원에 도착한 시각에 시신 한 구가 화장 준비를 하고 있었다. 화장 과정은 늘 똑같다. 강변의 열린 공간에 마련돼 있는 화장터에 시신 한 구가 도착한다. 화장하기 전에 시신의 이마를 강물로 씻고 기도의식을 치르며, 저승 가는 길에 노잣돈으로 쓰라고 쌀을 입에 물리는 의식을 치른다. 그런 다음 쌓아둔 나무더미에 시신을 올려놓고 불을 지핀 후 시신이 다 타서 재가 될 때까지 지켜본다.

이렇게 강변의 화장터 한쪽에서는 시신을 태우고, 다 탄 재를 물에 떠내려 보내는 의식이 치러지고 있었다. 그리고 바로 아래쪽에서는 강물에 떠내려 보낸 고인의 유품이나 동전을 막대기로 다시 건져 올려 되팔고 있는 아이들과 먹을 것을 찾아 유족 사이를 어슬렁거리는 원숭이들과 개들이 보였다.

이 죽음의 장소에서 나는 생과 사가 묘하게 섞인 풍경을 한참 동안 바라보았다. 문득 생과 사는 떨어져 있으면서 이어져 있다는 생각이 들었다.

네팔 어디서나 만나는
'지혜의 눈'

네팔에서는 어디에서나 이마 중앙에 그려진 '지혜의 눈'을 만날 수 있다.

지혜의 눈은 만물을 바라보는 부처의 눈인데, 깨달음과 모든 번뇌에서 해방되는 경지를 뜻하는 그 눈에 보이지 않는 것은 없다. 제3의 눈, 영안靈眼, 통찰의 눈, 인당印堂, 6번 차크라, 천목天目, 그리고 현대 뇌 의학에서는 '송과체松果體'로도 표현되는 이 지혜의 눈은 인간의 마음과 사물의 본질을 꿰뚫어본다고 한다. 다양한 종교의 성인과 성자들은 일반인들과 다르게 '지혜의 눈'을 통해 모든 것을 바라본다.

네팔을 여행하면서 거대한 석탑의 붓다의 얼굴에서도, 길거리 노점상 엄마 등에 업혀 있는 아이의 이마에서도 직접 잉크로 그려 넣은 지혜의 눈을 만날 수 있었다. 카트만두에서 처음 '지혜의 눈'을 본 곳은 네팔 불교의 성지, 스와얌부나트 사원Swayambhunath Temple이었다. 원숭이들이 많아 '몽키 템플Monkey Temple'이라고도 부르는 이곳은 2천 년 전에 건립된, 네팔에서 가장 오래된 사원이다. 그래서인지 붓다의 탄생지인 룸비니Lumbini 다음으로 네팔 불교도들이 많이 찾는 곳이기도 하다. 나는 사원 꼭대기에 돔 형태의 웅장한 황금빛 스투파Stupa(석탑)에 그려진 제3의 눈을 따라 전망대 아래로 시선을 돌렸다. 그러자 매일매일 치열하게 살아가는 카트만두 도심이 내려다보였다.

세계에서 가장 큰 스투파인 보드나트 스투파Boudanath Stupa(네팔로 망명한 티베트인들이 숭배하는 사원이며, 네팔에서 가장 높은 사리탑이다)에서도 사면에 그려진 '지혜의 눈'을 볼 수 있었다. 탑이 워낙 높아서인지 지혜의 눈도 한

참 꼭대기에, 그러나 커다랗게 그려져 있었다. 스투파 위에 그려져 있는 지혜의 눈을 가만히 올려다보니 마치 나를 묘하게 응시하고 있는 것 같았다. 해질녘에 들른 보드나트에서는 스투파 주변을 천천히 돌고 있는 수많은 티베트인들을 만날 수 있었다.

카트만두 타멜 거리에서 옷에 고객이 원하는 문양을 기계자수로 그려 넣어주는 가게를 발견했다. 나는 입고 있던 후드티 뒷면에 '지혜의 눈'을 수놓아 달라고 주문한 후 저녁을 먹으러 갔다. 잠시 뒤 옷을 찾으러 갔더니 세상에나, 이보다 더 멋진 기념품이 또 있을까?

여행을 다녀와서도 타멜 거리에서 수놓은 '지혜의 눈' 후드티를 종종 꺼내 입는다. 그때마다 세상을 통찰하는 마음의 눈이 떠오른다. 맑은 영혼과 순수한 마음으로 세상을 보려고 노력하는지, 늘 깨어 있으려고 노력하는지 나를 점검하게 만드는 기념품이다.

살아 있는 여신을 만날 수 있는 쿠마리 신전

네팔에는 살아 있는 여신이 있다. 아동 학대라는 비판이 있기도 하지만, '쿠마리kumari'는 네팔인에게는 신성한 전통이다. 흠이 없는 여자아이의 몸을 빌려 내려온 '탈레주' 여신으로 숭배받는 쿠마리는 엄격한 심사를 통해 선택된다. 이렇게 선발된 쿠마리는 종교 의식 때 사원 밖으로 나오는 것 외에는 모든 외출이 금지되며, 국왕도 쿠마리 앞에서는 무릎을 꿇어야 할 정도로 여신으로 추앙받는다. 그러다가

초경이 시작되면 자격을 박탈당해서 평범한 소녀로 돌아간다. 여신으로 숭배받는 동안 땅에 발조차 닿지 않도록 안겨만 다니다가 갑자기 인간으로 돌아가야 하는 운명이다.

쿠마리는 혈통과 신체 조건이 아주 까다로운데, 특히 혈통을 중요시한다. 부계는 불교를 믿는 석가족, 모계는 힌두교인이어야 하기 때문에 쿠마리는 두 종교 간 화합의 상징이기도 하다. 쿠마리가 있는 한 네팔의 불교와 힌두교는 싸우는 일 없이 잘 지낼 수 있을 것이다.

쿠마리의 눈길 한 번만 받아도 행운이 온다는 말도 있고, 하루 두 번 정도는 창문 밖으로 외부인들에게 얼굴을 보여준다는 말도 있어 나는 쿠마리가 머무는 사원을 찾아갔다. 혹시라도 운이 좋으면 멀리서라도 쿠마리의 얼굴을 볼 수 있지 않을까 하는 기대로 더르바르 광장Durbar Square에 있는 목조 사원을 찾아가봤지만, 쿠마리의 눈길을 받는 행운은 오지 않았다.

안나푸르나에 오를
채비를 끝내다

드디어 카트만두에서 받은 입산 허가증을 들고, 국내선 마운틴에어Mountain Air를 탔다. 트레킹의 출발지이자 네팔 제2의 도시, 포카라Pokhara로 이동하기 위해서였다. 소박한 경비행기는 정원이 딱 12명, 커튼 건너편으로 조종석이 다 들여다보일 정도로 작았다. 외형은 소박해도 음료

사원 입구에서 어김없이 만나게 되는 여러 모습의 수행자들

수를 나눠주는 스튜어디스도 있었고, 무엇보다 오른쪽 창밖으로 보이는 풍경이 압권이었다. 히말라야가 마치 병풍처럼 펼쳐져 있었다.

포카라 시내에 숙소를 잡고, 현지 여행사 소개로 만난 포터, 램Ram과 인사를 나누었다. 장차 가이드가 되는 것이 꿈이라는 램은 영어를 잘하고 영리해서 앞으로 가이드로 성장할 가능성이 매우 큰, 야무진 스무 살 청년이었다. 포터와 가이드는 신분 면에서나, 일과 보수 면에서 차이가 크게 난다. 포터는 20~40킬로그램의 짐을 혼자 지고도 하루 10달러 수준의 보수를 받는다. 반면 가이드는 짐도 안 질뿐더러 전체 여행코스를 기획하고 안전 산행을 담당하는 보수로 포터의 두 배를 받는다. 그러니 모든 포터들의 꿈은 하루 빨리 가이드가 되는 것이다.

트레킹 출발 전날, 숙소 옆 가게에서 빌린 침낭과 아이젠, 등산도구들을 잘 챙겨서 배낭을 꾸렸다. 다음 날 시작될 트레킹을 위해 일찍 잠자리에 들고 싶었지만, 설렘과 기대 그리고 걱정으로 좀체 잠을 이룰 수 없어 오랜만에 불면의 밤을 보냈다.

신의 세계,
안나푸르나 베이스캠프로 들어서다

아침에 일어나보니 하늘이 우리나라 가을처럼 청명하고 푸르며, 온도도 걷기에 딱 좋았다. 살랑거리는 바람이 상쾌하게 느껴졌다. 아침 일찍 램과 함께 택시를 타고 트레킹의 시작점인 페디Phedi로 향했다. 나는 램의 뒤를 따라 걷고 또 걸었다. 오밀조밀한 집들과 마을길을 지나, 그리고 평화로운 들녘을 지나 히말라야 산군으로 점점 더 깊이 들어갔다. 두세 시간 산책하듯 걸어서 첫날 목적했던 란드룩Landruk 의 숙소에 도착했다.

숙소는 태양열 전기를 사용하긴 했지만, 깊은 산속이라 워낙 전기가 귀했다. 나는 저녁을 먹은 후 유일하게 전깃불이 들어오는 식당 한쪽에 모여 앉아 다른 여행객들과 인사를 나누었다. 각자의 포터를 데리고 제각각 도착하긴 했지만, 한솥밥을 먹은 사이인 만큼 오늘은 모두가 하룻밤 가족이나 마찬가지였다. 우리는 서로의 일정에 대해 조언도 구하고 정보도 얻으면서 정겹고 따뜻한 대화를 이어나갔다. 해가 떨어진 뒤로 갑자기 기온이 뚝 떨어져서 담요를 덮고 앉아 있어도 온몸이 덜덜 떨렸다. 숙소의 귀한 전기를 축내는 것이 미안하기도 하고, 딱히 더 할 일도 없기에 여덟 시도 안 된 시각이지만 다들 각자의 침낭으로 돌아갔다. 밖은 춥고, 지금 할 일은 잠을 청하는 것 외에는 달리 아무것도 없었다.

다음 날 이른 아침식사를 마치고 바쁘게 출발하는데, 저 멀리 마차푸차레Machapuchare 봉우리의 범상치 않은 기운이 시선을 압도했다. 한 발 한 발을 거친 숨과 함께 내디딜 즈음 촘롱Chhomrong에 도착했다. 그곳에서 네팔 전통음식인 '달밧Dalbat(네팔식 백반으로, 큰 쟁반 위에 밥과 국, 고기와 카레, 그리고 야채가 함께 나온다. 네팔어로 '달'은 국을, '밧'은 밥을 뜻한다)'을 주문해 맛보았다. 즉석에서 손가락을 이용해 밥에 국을 적시면서 뭉쳐서 먹는 네팔식 식사 방법을 램에게 배웠는데, 그렇게 달밧을 먹어보니 숟가락

1 트레킹 출발점, 산속 마을로 짐을 옮기는 나귀 행렬
2 숙소 처마에 걸려 있는 옥수수 다발들, 고산지대 사람들에게 귀한 식재료다

으로 먹을 때보다 맛이 더 좋은 것 같았다.

오후 늦게 시누와Sinuwa에 도착했다. 마침 하산 중인 여행자들이 있어 저녁을 먹으면서 정보를 얻을 수 있었다. 그들로부터 들은 이야기로는 데우랄리Deorali(해발 3,200m)부터는 고도가 높아 걷기가 힘든 데다가 온통 눈밭이라 아이젠을 착용해야 한다는데, 걱정이다. 산속 눈길을 걷는 일은 영 자신이 없었다.

다른 여행자들과 이런저런 정보를 주고받던 중에 저녁식사 후 잠시 안 보이던 램이 다른 팀 포터를 데려왔다. 증상을 들어보니 구토를 심하게 하고, 배가 아프단다. 점심을 먹으면서 내가 한의사라고 했던 말을 램이 기억하고 있었나 보다. 환자의 상태를 보니 아침 먹은 것이 급체해서 기운이 쏙 빠진 데다 종일 아무것도 먹지 못했다고 한다. 이래 가지고는 여행자를 이끌고 산꼭대기까지 올라갈 수 없을 것 같았다. 그나마 이 산속에서 한국에서 온 한의사를 만날 수 있어 그에게는 참으로 다행스런 일이었다. 나는 쿠마리 신전에서 빼꼼히 얼굴을 내민 쿠마리의 눈길을 받은 적이 있었던 모양이라고 농담을 하면서 비상용으로 늘 가지고 다니는 침을 놓고, 속을 편안하게 하는 환약丸藥도 조금 먹였다. 금세 환자의 상태가 호전되었다. 안나푸르나 산속에서도 진가를 발휘하는 대한민국의 '한의 치료', 만세다!

하루가 또 지났다. 아침 일찍 출발하려고 했건만, 전날 밤 나에게 침을 맞았던 환자가 이 작은 산동네에 소문을 내는 바람에 숙소 식당에는 새벽부터 환자들이 모여들었다. 밤새 동네에 퍼진 소문으로 주민들과 여행자들, 그리고 가이드와 포터들까지 치료를 부탁하는 돌발 상황이 발생한 것이다. 이 깊은 산동네에서 병원이 있는 도시까지 가려면 걸어서 하루 이상 산을 내려가야 하기 때문에 웬만큼 아프지 않고는 치료를 받을 수 없단다. 결국 아픔을 호소하는 예닐곱 명에게 침을 놔주고서야 겨우 아침을 먹고 출발할 수 있었다. 전혀 예상 못했던 상황이었지만, 도움을 줄 수 있어 오히려 감사했다.

마차푸차레를 감상하며
신의 세계를 오르다

숙소를 벗어나 두어 시간을 다시 묵묵히 걸어가자, 겨울인 데도 구름 한 점 없는 청명한 하늘 한쪽에 마차푸차레가 모습을 드러냈다. 우뚝 솟은 마차푸차레를 보자 기운이 더 솟았다. 걸음걸음 사이에 숨 가쁜 호흡이 느껴지는 것을 보니 안나푸르나가 가까워짐이 틀림없었다. 산길을 걷다가 내 옆으로 비켜 지나가는 짐꾼들을 여럿 만났다. 제 몸보다 더 크고 무거운 짐을 등에 지기 위해 어깨도 모자라 이마에까지 끈을 두른 짐꾼들은 목에 힘을 주고 시선은 땅에 고정한 채 묵묵히 걷고 있었다. 이들이 있는 한 히말라야의 맥박은 계속 뛸 것이다. 전문 산악인들도 이들 없이는 절대 히말라야를 정복할 수 없기 때문이다.

한 걸음씩 걷기가 점점 힘들어져서 도저히 더 이상 앞으로 나아갈 수 없을 즈음인 늦은 오후에 숙소인 데우랄리에 도착했다. 데우랄리의 밤은 여느 밤보다 더 추워서, 가지고 온 옷들을 모두 꺼내 입고 침낭을 두르고 있어도 이가 덜덜 떨릴 정도로 추웠다. 나는 목재 침대 위에 깔아놓은 침낭 속에 들어가 누웠다. 벽 사이로 새어 들어오는 바람소리가 유난히 크게 들렸다. 불면의 기나긴 밤을 보내다가 새벽이 되어서야 잠깐 눈을 붙였다. 서울 아파트의 따뜻한 방에서 겨울에도 얇은 솜이불 하나 달랑 덮고 자는 호사로운 꿈을 꾸면서….

최종 목적지까지는
스스로 한 발씩 옮겨야

이른 아침, 데우렐리를 출발하자 눈앞 풍경이 달라졌다. 수목한계선을 넘었기 때문일까? 초원, 벌판, 눈길, 그리고 흰 눈을 머리에 이고 앉은 설산이 눈에 들어오기 시작했다. 눈길이 대부분이어서 아이젠을 착용하고 걸어도 속도가 나지 않았다.

마차푸차레 베이스캠프Machapuchare Base Camp, MBC를 지나면서부터 시작된 고산증으로 머리는 묵직해졌고, 숨이 찬 탓에 걸음은 점점 더 느려졌다. 고산증이 심하긴 했지만 그래도 꾸준히 한 걸음씩 스스로를 격려해가며 발을 떼어놓다 보니, 어느새 분지처럼 평평한 언덕에 발이 닿았다. 주변을 둘러보니 눈 덮인 봉우리들이 눈에 들어왔다. 앞쪽은 안나푸르나 1봉(8,091m), 왼쪽은 히운출리Hiunchuli(6,441m),

뒤쪽은 마차푸차레(6,997m). 한마디로 사방이 장관이었다. 게다가 동쪽 하늘의 만년설 봉우리 위로 보이는 황금빛 일출은 황홀함 그 자체였다. 올라가는 속도가 늦어서 안나푸르나 베이스캠프ABC에서 일출을 보지는 못했지만, 날이 맑아서 올라가는 길에서나마 일출을 볼 수 있어 다행스러웠다. 이 장면을 본 것만으로도 충분히 가슴이 벅차서 고산증의 고통이 싹 가셨다.

드디어 최종 목적지, 안나푸르나 베이스캠프에 도착한 것이다. 희생 산악인들을 추모하는 위령탑 앞에서 묵념을 했다. 그 순간 싸늘한 공기도, 바람도, 타르쵸까지도 고인들의 명복을 빌고 있는 것처럼 느껴졌다. 주위를 한 바퀴 돌아보며 그곳의 풍경을 눈과 가슴속에 담았다.

트레커들의 전초기지이자 안식처, 포카라

포카라는 히말라야 고봉을 병풍처럼 두르고, 설산의 그림자를 페와 호수Phewa Tal에 안고 있는 산속의 작고 소박한 도시다. 또 안나푸르나로 향하는 이들에게는 가슴 뛰는 열정을, 트레킹을 마친 이들에게는 달콤한 휴식을 제공하는 곳이기도 하다. 히말라야 트레킹 코스 중 가장 아름다운 50여 개의 코스가 포카라에서 시작될 정도로 트레커들에게는 전초기지이자 안식처의 의미를 지니고 있다.

소박한 시내를 거닐다보면 트레킹을 끝내고 유유자적 쉬고 있는 트레커들이 눈에 많이 띈다. 우뚝 솟은 마차푸차레의 눈 덮인 봉우리를 아침저녁으로 감상하며 지낼 수 있다는 것은 포카라가 가진 수많은 매력 중의 하나다.

안나푸르나를 등반한다면, 스스로를 격려할 힘을 얻으리

네팔로 떠나오기 전까지 줄곧 여고생 B를 치료 중이었다. B는 어머니의 강요에 못 이겨 예술고등학교에 입학했지만, 고교 시절 내내 제대로 적응하지 못하고 힘든 시간을 보내고 있었다. 왕따, 성적 부진, 자살 기도…, 나를 찾았을 때는 이미 우울증까지 보였다. 안타깝게도, 아직 어린 B에게서는 그 어떤 삶의 의욕도 느껴지지 않았다.

만일 B가 포카라 페와 호수에 비춰진 마차푸차레 설봉을 매일 아침마다 눈에 담을 수 있다면, 또 히말라야 산군을 걸어 들어가 설산을 둘러보고 거친 호흡을 내쉬면서 한 발 한 발 나아갈 수 있다면, 머릿속을 어지럽히던 주위 사람들을 잊고 이 아름다운 세상에 살게 해주신 신에게 저절로 감사하게 될 것이다. 그곳에서 대견한 자신을 만나게 될 테고, 우울증은 단번에 사라질 것이다.

신들의 산이라는 히말라야는 이른 아침에는 일출에 불타고, 저녁에는 석양에 불탄다. 밤이면 쏟아져 내리는 별들을 하염없이 올려다보아도 질리지 않는다. 하얗게 빛나는 히말라야는 다양한 표정을 지닌 채 고개고개마다 여행자를 반겨준다. 걸으면 걸을수록

1 페와 호수에서 만난 보트 위의 소녀
2 포카라 페와 호수에서 보이는 마차푸차레 봉우리

다가오는 히말라야 봉우리들이 마치 여행자를 기다리는 것만 같다.

꿈길 같은 엿새 동안의 트레킹은 인내와 자부심 그리고 커다 란 성취감을 맛보게 해주었다. 수많은 계단과 계곡과 구릉들을 만 나 힘들 때마다 설산을 바라보며 마음을 다잡았다. 스스로를 격려 해가며 걸어갔던 그림 같은 그곳을 오랫동안 기억할 것이다.

"트레킹이 끝나는 곳을 만날 수 있는 유일한 방법은 내 두 발로 움직여서 가보는 것이다. 스스로를 끝없이 격려하면서 말이다."

| 히말라야 석청 |

'석청石淸, Wild Honey'이란 깊은 산속의 절벽, 바위에 벌들이 모아둔 꿀을 말한다. 꼭 석청이 아니더라도 꿀은 그 자체로도 동서양에서 모두 불로장생의 영약으로 인정한 자연식품이자 건강식품이어서 인기가 좋다. 비타민, 단백질, 미네랄, 방향성 물질, 아미노산 등의 영양분과 효소가 듬뿍 들어 있어서 피로 회복, 노화 방지, 항암 효과, 피부 미용에 약으로도 쓰인다.

한약재로도 석청을 사용해왔는데, 중병으로 몸의 진액이 소진되어 기운이 없거나, 천식이 심해서 기침이 멈추지 않을 때, 부인이 난산을 했을 때, 피부 트러블이 심할 때 석청을 처방한다.

석청 중에서도 최고로 치는 히말라야 석청은 엄밀하게 말하면 네팔과 티베트 사이의 국경에서 생산되는 석청을 일컫는다. 아피스 라보리오사Apis Laboriosa라는 사납고 큰 벌들이 만들어놓은 꿀을 의미하며, 이 벌들은 천 길 낭떠러지 절벽에 벌집을 짓는다. 석청을 채취하기 위해서는 이 절벽에 곡예사처럼 줄사다리를 타고 내려가야 하는데, 그 과정에서 떨어져 죽거나 사나운 벌떼들에게 공격을 당해 목숨이 위험할수 있다. 그만큼 석청 생산량이 적어서 희귀한 약재로 취급된다. 석청을 채취하는 사람들은 정부의 허가를 얻어야 하며, 대를 이어서 이 직업에 종사하고 있는 경우가 많다. 한국에서는 네팔산 석청을 히말라야 석청이라고 해서 고가에 거래하고 있다.

히말라야 석청

이안의 여행 수첩

| 여행 일정 |

첫째 날 : 인천 → 카트만두
둘째 날 : 카트만두 / 카멜 거리, 파슈파트나트 사원, 보드나트 스투파, 쿠마리 신전
셋째 날 : 카트만두 → 포카라 / 트레킹 준비
넷째 날 : [트레킹 1일째] 포카라 → 페디 / 페디 → 란드룽
다섯째 날 : [트레킹 2일째] 란드룽 → 촘롱 → 시누와
여섯째 날 : [트레킹 3일째] 시누와 → 히말라야호텔 → 데우랄리
일곱째 날 : [트레킹 4일째] 데우랄리 → MBC → ABC → MBC
여덟째 날 : [트레킹 5일째] MBC → 촘롱
아홉째 날 : [트레킹 6일째] 촘롱 → 페디 / 페디 → 포카라
열째 날 : 포카라 → 카트만두 / 카트만두 → 인천

| 트레킹 시기 |

트레킹하기 가장 좋은 시기는 몬순이 끝나는 10~11월과 4~5월이다. 이 시기는 설산을 가장 잘 볼 수 있고, 적당한 기온(낮 20도, 밤 5도 정도, 해발 2,000m 기준)으로 걷기에 가장 좋다. 반면 트레킹을 피해야 하는 시기는 6월 중순~10월 초순이다. 보통 6~8월은 집중호우기간이며, 8~10월 초순은 몬순의 영향으로 매일 비가 내리고, 습기를 좋아하는 거머리가 헌혈을 강요한다.

| 네팔 비자 받기 |

· 한국에서 직접 받기 : 주한 네팔대사관(서울시 성북구 선잠로 2길 19 / 02-3789-9770 / www. nepembseoul.gov.np/visa-7.html)에 직접 찾아가서 받는다.
· 네팔 입국할 때 받기 : 입국할 때 'Without Visa'라고 적힌 줄에 서 있다가 비자 비용(25달러), 사진, 비자신청서(비치돼 있음)를 제출하면 그 자리에서 비자를 발급해준다.

04
:

명상을 통해
새로워지는 나,

인도 푸네

마음 비우기 | Pune, India

라즈니쉬와 간디,
그리고 아헹가가 선택한, 푸네

숲이 울창하고 연중 온화
한 기후를 자랑하는 곳.
명상, 요가, 자연요법의 요
람이라고 표현되는 곳. 인도India 서부지역에 자리 잡은 '푸네Pune'는
오래전부터 간절히 가보기를 소원하던 곳이었다. 시내 한가운데 있
는 '오쇼 아쉬람Osho Commune International'은 세계적으로 잘 알려진 인도
의 작가이자 철학자, 오쇼 라즈니쉬Osho Rajneesh(1931~1990)가 1974년에 세
운 명상센터다. 이 명상센터가 지금은 인구 250만 명의 푸네를 먹여
살리는 기업이나 마찬가지다.

인도 출신의 영적 스승인 라즈니쉬는 1970년대 중반, 푸네에
명상센터를 세우고 붓다, 예수, 장자, 피타고라스, 니체, 칼릴 지브란
등에 관한 강의를, 그야말로 동서양을 넘나드는 명강의를 펼쳐 전

세계 젊은이들에게 새로운 의식혁명과 깨달음의 세계를 열어 보인 인물이다. 그는 '예수 이후 가장 위험한 인물', '20세기 최고의 영적 스승'이라는 엇갈린 평가를 받기도 했으며, 삶과 진리, 존재의 본질을 꿰뚫는 깊은 통찰력으로 세계적인 오쇼 마니아들을 만들어내기도 했다. 미국에서 큰 반향을 일으킨 후 다시 인도로 돌아와 1990년 푸네에서 세상을 떠났다.

지금 라즈니쉬는 죽고 없지만, 그가 만든 이곳에서 일주일이라도 머물러 보는 것이 내가 그토록 푸네에 가보고 싶었던 이유였다. 서글픈 현실이지만, 라즈니쉬가 죽은 후 이곳은 명상 리조트로 이름을 바꾸었다. 콘셉트 또한 명상수련 장소라기보다는 명상을 통해 안식을 얻을 수 있는 리조트로 변화했다. 대학 시절부터 독파한 그의 책들은 내게 명상을 삶의 최고 경지에 이르는 수단으로 안내해주었고, 그 뒤로 줄곧 '오쇼 신드롬'을 앓게 했다.

푸네에는 오쇼 아쉬람만큼이나 세계적으로 유명세를 떨치는 곳이 또 있는데, 자연요법에 관심이 많았던 간디의 뜻에 따라 1946년에 세워진 '자연요법 아쉬람Nature Cure Ashram'과 16세 때부터 요가를 배워 세계적인 요가선생으로 이름을 알린 아헹가Iyengar가 특유의 기법으로 강의를 하는 '아헹가 요가연구소Ramamani Iyengar Memorial Yoga Institute, RIMYI'가 바로 그곳이다.

인도뿐 아니라 전 세계 난치병 환자들이 찾아온다는 '자연요법 아쉬람'은 푸네에서 숄라푸르Sholapur 가는 길로 30킬로미터 떨어져 있다. 두 번씩이나 푸네에서 머물렀어도 오쇼 아쉬람에서의 생활에 젖어 있느라 자연요법 아쉬람은 결국 가보지 못했다. 햇빛 쬐기나 진흙찜질, 채식, 단식만으로 병을 치유한다는 그곳에 가보기 위해서라도 푸네를 한두 번은 더 찾아가야 할 듯싶다. 아헹가 요가 연구소는 시내에서 오토릭샤Auto Rickshaw(소형 엔진을 장착한 삼륜택시)로 불과 20분 거리에 있어서 다행히 참관할 수 있는 기회를 가질 수 있었다.

인도의 과거와 미래가 있는 도시, 푸네

라즈니쉬, 간디, 아헹가가 명상, 자연요법 그리고 요가 수련을 위해 '푸네'라는 도시를 선택한 이유는 여러 가지였을 것으로 생각된다.

먼저 푸네의 지형과 기후다. 푸네는 인도의 경제 수도 '뭄바이Mumbai'에서 200킬로미터밖에 떨어져 있지 않아 교통이 편리하고, 해발 700미터의 고원에 위치해 있어서 여름에는 덥지 않고 겨울에는 춥지 않아 영국 식민지 시절부터 영국인들의 휴양지로 각광받아온 자연의 혜택이 있는 장소다. 2월에 머물러보니 아침저녁으로 점퍼와 양말을 챙겨야 하긴 했지만 춥지 않았고, 9월에도 덥지 않았다.

그다음으로는, 푸네의 풍부한 고급 인력 자원이다. 푸네는 인도에서 손꼽히는 대학인 푸네대학Pune University(1948년 설립)과 예술명문학교인 퍼거슨 컬리지Pergusson College(1884년 개교)를 품은 인도 제일의 교육도시다. 인도의 초대수상이었던 자와할랄 네루는 두 대학을 가리켜 '인도의 옥스퍼드와 케임브리지'라는 찬사를 보냈을 정도이며, 특히 푸네대학은 산스크리트학의 중심이라는 자부심을 가지고 있다.

불가촉천민不可觸賤民[힌디어로 '달리트(Dalit)'라 불리는 인도 최하위 계급] 태생의 푸네대학 총장, 나렌드라 자다브가 불가촉천민의 삶과 투쟁의 역사에 대해 저술한 《신도 버린 사람들Untouchables》을 읽어본 후, 나에게 푸네는 오쇼 아쉬람에 갈 목적이 아니더라도 꼭 한 번 찾아가고 싶은 도시 중 하나가 되었다.

마지막으로, 푸네는 미래가 있는 곳이다. 푸네가 속한 마하라슈트라Maharashtra 주는 인도에서 인프라가 가장 우수한 지역이기 때문에 인도의 IT산업은 푸네를 중심으로 돌아가고 있다고 해도 틀린 말이 아니다. 또 우수 인력 확보가 쉽다보니 마힌드라 그룹의 '차칸Chakan 공장'을 비롯해 제너럴모터스GM, 폭스바겐, 타타, 피아트, 메르세데스-벤츠, 포드 등 세계 유수 자동차업체가 7개나 진출해 있는, 그야말로 자동차 산업의 신흥 메카이기도 하다.

영적인 스승, 오쇼 라즈니쉬가 푸네에 아쉬람을 세울 때 이런 여러 가지 조건을 분명 생각했으리라 짐작된다. 인도의 뉴델리나 뭄바이의 복잡함과 소음에 익숙했던 사람들에게 푸네는 조용하고 깨끗한 도시라는 생각마저 들게 할 정도로 특별함이 묻어나는 장소다. 오토릭샤 요금도 항상 미터기에 표시된 금액대로 받고, 거지도 눈에 많이 띄지 않는다. 게다가 오래전부터 푸네를 찾는 외국인들이 많다보니 외국인을 대하는 그들의 태도도 꽤나 세련돼 있다.

오쇼 아쉬람을 찾아가는 길은 그리 어렵지 않다. 국제선 비행기로 뭄바이에 도착한 후 국내선으로 갈아타고 40분을 날아가면 푸네 도착. 그리고 명상센터 정문 쪽에 위치한 숙소에서 보내주는 공항셔틀 차로 15분이면 목적지에 도착할 수 있다.

푸네의 2월은 한국의 초가을 날씨와 비슷하다. 아침저녁은 선선하고 쾌적해서 세계 각지에서 몰려온 사람들로 가득하고, 그만큼 열정이 넘친다. 9월은 시시때때로 쏟아지는 소나기와 천둥으로 센터 안 야외 식당은 문을 닫고, 센터를 찾는 사람도 많지 않아 한가롭다 못해 적적하기까지 하다. 그러나 명상을 목적으로 머무르는 것이라면 어떤 계절에 머무르던 상관없다. 붐빌 때는 열정을, 적적할 때는 평화로움을 느낄 수 있기 때문이다.

푸네에 도착한 첫날은 숙소에서 체크인을 하고 아쉬람에 등록하는 날이다. 첫 방문자는 둘째 날 아침에 등록카드를 받은 뒤에라야 아쉬람 출입이 가능하고, 첫 방문이 아닌 사람은 등록한 날 점심 이후부터 출입이 가능하다.

숙소는 장기, 단기로 머무르는 사람들을 위해 아쉬람 내에 마련된 게스트하우스와 레지던스를 이용할 수 있다. 그곳에 묵으면 먹고 자는 것까지 다 가능해서 외부로 나갈 필요가 전혀 없다. 편하긴 하나, 외부와 접할 기회가 그만큼 줄어든다는 단점이 있다. 나는 아쉬람 정문 앞에 있는 호텔들 중 한 곳을 숙소로 정했다. 근처에 식당도 많고, 아유르베다Ayurveda(인도의 전통의학) 치료도 받을 수 있으며, 오토릭샤 타기가 편한 곳으로 골랐다.

아쉬람 방문자 등록은 아쉬람 웰컴센터에서 이루어지는데, 자원봉사자들이 등록을 도와준다. 이들의 도움을 받아 센터 내 컴퓨터에 이름, 주소, 국적, 직업, 방문동기 등의 세세한 내역을 입력한 다음 혈액검사를 받는다. 혈액검사는 생각했던 것보다 간단하다. 손가락 끝을 바늘로 쿡 찔러 시약에 묻히는 간단한 검사인데, 에이즈 검사를 하는 것이라는 설명이다. 등록할 때 굳이 에이즈 검사를 하는 이유를 알 것 같긴 하다. 라즈니쉬는 성性 또한 명상에 이르는 길이라고 저술했을 뿐만 아니라 서양세계를 돌며 강의까지 했었다. 그런데 라즈니쉬의 책들을 읽다보면, 사실은 성뿐만 아니라 인간이 하는 모든 행위가 곧 명상에 이르는 길이라는 결론에 이른다. 성 명상을 실천하든, 안 하든 간에 아쉬람에 입장하기 위해서는 에이즈 검사를 피해갈 수 없다.

역동적인 명상의 메카,
오쇼 아쉬람

오쇼 아쉬람 내에서는 현금을 지닐 필요가 없다. 먹는 것도, 사는 것도 모두 쿠폰을 이용한다. 그날 쓸 것을 대략 계산해서 아침에 쿠폰을 구입하면, 그 뒤로 종일 사용한 금액만큼 쿠폰을 지워나가면 된다.

내가 쿠폰으로 제일 먼저 부티크에서 구입한 것은 머룬 로브

오쇼 아쉬람 진입로. 오쇼 아쉬람의 명상복, '머룬 로브'를 입은 남녀

Maroon Rove(깨달음을 얻고자 하는 사람들이 입는 자주색 옷). 머룬 로브를 입지 않은 사람은 내부에 입장할 수 없다보니 구입할 수밖에 없다. 다행히 우리 돈으로 7,000원 정도면 머룬 원피스를 하나 장만할 수 있다. 여기에 명상할 때 사용할 방석, 추울 때 신을 양말, 에어컨 바람을 막아줄 숄까지 사도 2만 원을 넘지 않으니 감사할 따름이다. 이 정도로 일주일간 아쉬람에서 입고 다닐 것은 다 해결한 셈!

헐렁한 머룬 원피스 주머니에 쿠폰 한 장 달랑 집어넣고, 방석 하나 말아서 손에 들고 종일 아쉬람 내부를 돌아다니다보면 마음이 그렇게 홀가분할 수가 없다. 여기서는 휴대전화도, 핸드백도, 책도 필요 없다. 아침 6시부터 저녁 9시까지 이곳저곳에서 열리는 명상 클래스에 참여하면서 시간을 보낼 수도 있고, 명상이 슬슬 지겨워질 때쯤이면 숙소에 가서 자고 싶은 만큼 낮잠을 자다가 다시 클래스에 참석할 수도 있다. 또 야외 정원에 마련된 자율식당에서 밥을 사먹고, 수영장 옆에서(아쉬람 안에는 야외 수영장이 있다) 한가로이 책을 읽거나 세계 곳곳에서 찾아온 외국인들과 대화를 나누며 시간을 보내도 된다.

한국에서는 여러 경로를 통해 명상과 참선에 참여해 왔고, 과열된 뇌의 피로를 풀어주는 나름의 방법으로 명상을 즐겼다. 지금까지 내가 해왔던 명상 방법은 불가佛家의 참선과 비슷해서 좌선을 하고 복식호흡과 함께 조용히 내면을 집중하는 정적인 명상인데 반해, 라즈니쉬 명상은 에너지가 넘치고 역동적인 게 특징이다.

자유로움과 고요함을
느끼는 리조트의 일상

오쇼 아쉬람에서 가장
큰 건물인 '오디토리움(바

닥은 대리석으로, 지붕은 피라미드로 만

들어진 어마어마하게 큰 강당이 리조트 가운데 있다)'에서 아침 6시에 열리는 '다이내믹

명상Dynamic Meditation'에 처음 참여한 날, 나는 이게 무슨 명상인가 싶

었다. 처음 10분간 코로 격렬하고도 빠르게 숨을 내쉬다가 다음부

터는 악을 쓰면서 폭발하고, 구르고, 길길이 날뛰고, 울고, 소리 지

르고, 춤추고, 발을 구른다. 마침내 녹초가 되었을 즈음, 눈을 감은

채로 축하의 춤을 마음껏 춘다. 남의 모습을 볼 수도 없고, 내 모습

이 어떻게 보일지 신경 쓸 필요도 없다. 무한 자유다. 아무것도 안

할 자유, 무엇이든 할 수 있는 자유가 이곳에는 있다.

이외에도 자유로움과 고요함을 느끼게 해주는 '쿤달리니 명

상Kundalini Meditation', 호흡과 걸음에 집중하는 '비파사나 명상Vipassana

Meditation', 허밍하며 명상하는 티베트 명상법 '나다브라마 명상

Nadabrahma Meditation', 자유로운 춤을 추게 하는 '나타라지 명상Nataraj

Meditation', 차크라를 따라 에너지를 조절하는 '차크라 호흡 명상Chakra

Breathing Meditation' 등 수많은 명상들을 강사의 지도에 따라 행하다보면

하루가 금세 지나간다.

특히 매일 저녁 6시 40분부터 오디토리움에서 화이트 로브를

입고 모이는 이브닝 미팅은 하루의 마무리이자 하이라이트 명상 클

래스다. 해질녘에 화이트 로브를 입은 선남선녀들이 커다란 연못

가운데를 가로지르는 진입로를 따라 오디토리움 안으로 사라지는

모습은 종교의식처럼 경건하게 느껴지기까지 한다.

이브닝 미팅이 끝난 후인 밤 9시 30분경이면 대부분의 공식적인 명상 클래스가 끝나고, 센터 중앙 무대에서 매일 밤 다양한 퍼포먼스가 열린다. 퍼포먼스는 명상센터 내의 자원봉사자나 명상 수련자들이 준비한다. 여기에 참가할 때는 머룬 로브를 입지 않아도 되기 때문에 자유로운 복장으로 하루의 일과를 마무리하고 편하게 즐기면 된다. 댄스 파티, 카지노 파티, 역할극, 라틴 파티, 산야신 Sannyasin 축제, 풀문Full Moon 파티, 전통악기 연주 등을 즐기다보면 어느덧 자정, 아쉬움을 뒤로 하고 각자 숙소로 헤어진다.

호준 군을 살린 명상요법

호준 군이 어머니와 함께 한의원을 찾아왔을 때, 그는 오랫동안 직장을 구하지 못해 시작된 불안과 우울감을 해결하려고 밤마다 술을 마시다가 새벽엔 호흡곤란으로 응급실에 실려 가는 일이 반복되고 있는 중이었다. 호준 군에게 침 치료와 한약을 처방하면서 다음 번 내원 때까지 매일 30분씩 명상 숙제를 내주었다. 명상을 한 번도 해보지 않은 호준 군을 위해 진료실에서 짧은 명상을 함께 해보면서 간단한 방법을 가르쳐주었고, 다음 내원일 때부터는 치료와 함께 명상 시간을 조금씩 늘려가도록 유도했다.

그러자 놀랍게도 호준 군은 단기간에 명상에 집중하는 모습을 보여주었고, 빠른 속도로 몸과 마음이 회복되었다. 명상을 통해 증상이 좋아지긴 했지만, 완쾌된 상태는 아니었다. 만일 호준 군이 인도의 명상센터로 여행을 올 수 있다면, 그리고 그곳에서 또래 친구들과 함께 명상 경험에 대해 많은 대화를 나눌 수 있다면, 내면의 힘이 강화될 뿐 아니라 좋은 직장을 구하는 일에도 도움이 될 것이다.

오쇼 아쉬람에서
만난 사람들

30대 중반의 런던 청년, A는 스위스 취리히에서 일하는 IT전문가다. 야외 정원의 한 식탁에서 함께 점심을 먹다가 만난 청년이다. 다들 인사하고 대화를 나누는데, 이 청년만 '사일런트Silent' 배지를 달고 앉아 남들의 이야기만 묵묵히 듣고 있다. 묵언수행인가 했더니, 저녁에 마주치자 반갑게 먼저 인사하면서 말을 건넨다. 하루 3시간씩 3주간의 '미스틱 로즈 프로그램Mystic Rose Program'에 참여하는 중인데, 이번 주가 마지막 주로 '침묵하는 주간'이란다. 이곳에서 수련하는 동안 컴퓨터로부터 벗어나 진지하게 내면을 성찰할 시간을 가질 수 있어서 행복하단다.

R은 오스트레일리아 멜버른에서 온 30대 초반의 요가 선생으로, 한국 한의학에도 관심이 많은 아가씨다. 요가와 명상, 호흡, 차크라 등과 관련된 한의학의 기氣, 경락經絡, 침술鍼術의 원리와 효과를 궁금해 했는데, 침술의 가장 대표적인 원리인 '조기치신調氣治神 이론

(침으로 기의 흐름을 조정하여 정신을 치료한다는 이론)'을 쉽게 설명해주니 아주 흥미로 워한다. 요가 수련을 오래 해오면서 기의 흐름에 관한 지식이 어느 정도 있는 모양이다. 요즘에도 R과는 페이스북 메신저로 자주 안부를 주고받는다. 사진이나 글만 봐도 정신과 몸이 모두 건강하고 밝은, 기분 좋은 아가씨다.

복과 행운, 금전을 기원하는 가네쉬 축제

푸네에 머무는 동안 숙소 앞에서 대기 중인 오토릭샤들을 골고루 타보았다. 그런 다음 가장 성실하고 믿음직하게 일하는 '기리쉬Girish'를 전용 운전기사로 구두 계약했다. 시내로 저녁 먹으러 갈 일이 있거나, 영문판 서적을 파는 대형서점을 들러야 하는 등의 소소한 볼일은 '기리쉬' 덕분에 시간 허비 없이 척척 해결할 수 있었다.

때마침 내가 푸네에 머물 당시에 가네쉬Ganeshy 축제가 한창이었다. 나는 축제를 가장 실감할 수 있는 곳인 구시가의 사원으로 향했다. 코끼리 얼굴을 한 가네쉬는 시바Shiva 신의 아들로, 복과 행운과 금전을 부르는 신이다. 축제는 매년 9월 중순에 10여 일 동안 계속되고, 마지막 날이 최고 절정을 이룬다. 나도 이 코끼리 신에게 바칠 코코넛과 꽃을 머리에 인 채 줄지어 서 있는 인파에 떠밀려 사원 안으로 들어갔다. 수많은 신을 믿는 인도인들이지만, 오늘 이 사원 안에서만큼은 복을 가져다주는 가네쉬에게만 정성을 바쳤다.

한창 축제 중이어서 인파는 넘쳐흘렀고, 어디를 가도 발 디딜 틈이 없었다. 사람 구경을 실컷 한 뒤 '사리Sari(인도 여성들이 입는 전통의상)' 가게가 많은 락슈미Lakshmi 거리를 찾았다. 사리 가게 주인은 자기나라 전통의상을 사겠다고 찾아온 외국인이 기특한지, 신이 나서 나를 홀 중앙에 세워놓고 스무 가지가 넘는 사리를 가져와 입혔다 벗겼다를 반복했다. 천 하나를 치마처럼 둘둘 만 후에 남아도는 천은 허리춤에 쏙쏙 집어넣고 천 끝을 반대쪽 어깨에 걸쳐서 뒤로 넘기니, 한국 여자의 모습은 온데간데없다. 어느새 나는 인도 여자가 돼 있었다. 맘에 드는 사리를 하나 골랐더니 주인이 입는 방법을 가르쳐주었다. 사는 것은 그 후에라야 가능했다.

사리를 직접 입어보니, 편리함과 여성스러움을 모두 갖춘 옷임이 느껴졌다. 천 하나로 치마부터 어깨를 두르는 숄까지 원스톱 착용으로 해결되는, 정말 멋진 옷이었다. 여전히 인도에는 이 전통의상을 입고 다니는 여성들이 많다. 체중이 10~20킬로그램쯤 늘어나도 표시가 안 난다는 점, 불어난 뱃살과 허릿살을 사리로 잘 감출 수 있다는 점도 이 전통의상이 지금까지 사랑받는 이유가 아닐까? 사리를 구입한 후 가게에서 나오는데, 운전수 기리쉬에게 전화 한 통이 걸려왔다. 그의 아내 프레밀라와 두 명의 딸들이 나를 위해 저녁을 짓고 있으니 밥 먹으러 오라는 전화 내용이었다. 그동안 기리쉬가 내 이야기를 가족들에게 많이 했던 모양이다. 인도까지 와서 '집밥'을 먹게 될 줄이야!

기쁜 마음으로 기리쉬와 함께 그의 집으로 향했다. 날짜를 보

가네쉬 축제. 가네쉬에게 코코넛과 꽃을 바치기 위해 사원으로 몰려드는 사람들

니 한국에 있었다면 추석날이었다. 한국에서도 추석날은 온가족이 모여 밥을 먹는데, 뜻하지 않게 인도에서 추석 만찬을 즐기게 된 셈이었다. 집 안 구석구석마다 주인의 깔끔한 성격이 묻어났다. 실내는 좁지만 정결했고, 부엌의 그릇은 모두 반짝거렸다. 멀리서 손님이 왔다고, 옆집 사는 사촌 꼬맹이까지 구경하러 왔다. 3평 남짓 되는 좁은 집에 무려 일곱 명이 옹기종기 앉아 저녁을 먹었다. 가난하지만 웃음이 가득한 이 화목한 가정에 부디 신의 은총을!

하타 요가의 대가,
아헹가 선생의 발자취를 따라서

하타 요가Hata Yoga는 《하타 요가 프라디피카Hatha Yoga Pradipika》를 저술한 15세기 인도의 요기 스와트마라마Yogi Swatmarama가 만든 요가의 한 종류다. 《요가 수트라Yoga-Sutra》에서 말하는 최종적인 목표인 삼매三昧를 얻기 위한 훈련과정으로, 정신적인 부분보다는 육체적인 부분에 중점을 두고 있는 요가다. 평소 이 요가에 관심이 많았던 나는 기리쉬에게 부탁해서 아헹가 요가연구소를 찾아갔다.

아헹가 요가Iyengar Yoga는 요가의 여러 가지 수행 체계 가운데 육체의 고통과 이상을 해소하고 건강하고 아름다운 모습을 되찾아주는 하타 요가의 하나다. 인도 최고의 하타 요가 수행자로 꼽히는 아헹가 선생이 체위법(아사나)과 호흡법(프라나야마) 위주로 만든 것으로, 200여 가지의 요가 행법行法과 호흡법을 갖추고 있어 질병 치료 효과가 탁월하다.

　외국인을 포함해서 수강 신청자들이 엄청나게 밀려 있어서 그
해 연말까지는 신입생을 받을 수 없다는 공지가 연구소 대문에 붙
어 있었다. 잠깐 들여다본 널찍한 요가 수련실에는 땀 흘리며 열심
히 수련에 집중하고 있는 외국인 수련생들로 가득했다. 수련실에는
천정에 그네를 매달아 물구나무를 서도록 하거나, 벽에 고정된 동
아줄을 두 손으로 잡고 허리를 폈다 구부렸다 하면서 호흡법을 함
께 익히는 데 쓰이는 기구들이 주렁주렁 매달려 있었다. 어떤 이는
거꾸로 매달려 있었고, 또 어떤 이는 온몸을 꼬아 반대편 손을 맞잡
고 있는 등 각자 다양한 동작들을 수련하고 있었다. 푸네의 아헹가
요가연구소에서 수업을 받아보고 싶었지만, 최소 한 달 이상은 그
곳에 머물러야 한다고 해서 다음을 기약할 수밖에 없었다(아쉽게도 아헹

가 선생은 2014년 8월 20일, 96살의 나이로 푸네에서 세상을 떠났다. 요가 구루, 아헹가 선생의 명복을 빈다).

인도철학은 한마디로
'포기의 철학'이다

인도철학은 다른 철학과
달리 실천수행을 강조한
다. 그리고 그 실천수행의
방법으로 요가를 수련하는 것이다. "자신을 실현하라. 자신을 변화
시키지 않으면 철학은 완성되지 않는다." 그리고 "몸과 마음은 연결
되어 있기 때문에 마음으로 진리를 보려면 몸이 함께해야 한다." 이
것이 요가의 기본 철학이다. 몸과 마음을 하나로 보는 것은 한의학

과 닮았다. 동양철학을 기초로 해서 수많은 임상의 결과로 만들어진 학문이 한의학이니, 어쩌면 인간을 보는 철학이 같은 것은 당연한 일일지도 모른다.

오쇼 아쉬람에 위치한 오쇼 라즈니쉬의 무덤 묘비에는 "오쇼는 결코 태어나지도, 죽지도 않았다. 단지 지구라는 별을 방문했을 뿐이다"라고 적혀 있다. 인도철학의 기본이 '버리고 끊어서 본래의 자아로 돌아가는 것'이라고 한다면, 인도철학은 한마디로 줄여 '포기의 철학'이라 할 수 있다. 더 많이 모아서 쌓아놓는 것을 생의 목표로 삼고 살아가는 현대인들에게 '버리고 포기하는 것'은 웬만해서는 하고 싶지 않은 일이다. 그러나 인도철학은 지금까지 쌓아올린 것을 모두 철저히 버릴 때 비로소 윤회의 사슬이 끊어지고, 끝없는 고통에서 벗어나 청정무구淸淨無垢의 자아로 돌아갈 수 있다고 말한다.

인도에 와보기 전에는 불교의 발상지니만큼 심오한 종교성과 인도정신을 어디 가나 볼 수 있을 거라 생각했었다. 그러나 인도 여행에서 얻은 것이 있다면, 평범한 사람이더라도 그들의 삶이 곧 종교와 같아서 물질적인 것은 물론이고 정신적인 면에서도 평생을 비우고 떠나보내는 과정을 연속해서 겪는다는 것이었다.

"인도 여행은 비우고 떠나보내는 과정을 배우는 교과서다!"

| 내면을 고요히 들여다보는 명상 건강학 |

명상에 몰입해 있을 때의 뇌파는 잠이 들기 직전의 수면과 각성 사이의 순간에 나오게 되는 뇌파인 세타파Theta Wave와 같다. 그래서 명상하는 시간 동안 잠들기 직전처럼 호흡이 길어지고 온몸이 이완되며 혈압이 내려가고 오장육부도 휴식의 준비를 한다. 명상의 의학적인 효과는 이미 수많은 임상결과에서 입증되어오고 있는데, 행복호르몬 도파민Dopamin 수치가 올라가면서 불면증이 줄어들고 우울감, 강박감 그리고 부정적인 정서가 줄어들어 삶의 질이 높아진다. 또한 평소 복잡한 일이 갑자기 해결점이 떠오르는 통찰과 직관이 생겨난다는 것도 최근까지 과학적인 검증을 통해 속속 밝혀진 내용이다.

등을 펴고 바르게 앉아 눈을 감고 천천히 코로 숨을 들이마셨다가 가늘게 내쉬면서, 온몸이 이완됨을 느끼며 명상에 들어가는 과정이 처음에는 쉽지 않다. 눈을 감은 지 일 분도 안 되어 온갖 생각들이 꼬리를 물고 눈앞에 펼쳐지기도 해서 감았던 눈을 번쩍 떠야 할 때도 있다. 그러다가 조금씩 익숙해지면서 잡념이 생기는 것도 그냥 흘려보내고 다시 집중하게 된다. 천천히 온몸이 이완되는 것을 느끼면서 들고 나는 호흡에 집중하다 보면 시간의 흐름도 잊어버린다. 명상을 마치는 종소리와 함께 천천히 눈을 뜨면 몸과 마음이 편안해진다.

오쇼 아쉬람 정문

🗒 이안의 여행 수첩

인도

푸네

| 여행 일정 |

첫째 날 : 인천 → 뭄바이

둘째 날 : 뭄바이 → 푸네(국내선) / 푸네 '오쇼 아쉬

람' 등록

셋째 날~일곱째 날 : 오쇼 아쉬람 체험

여덟째 날 : 푸네 → 뭄바이(국내선)

아홉째 날 : 뭄바이 → 인천

| 교통편 |

· 인천-뭄바이-푸네 구간(1~2회 경유)

인천-뭄바이 구간은 대한항공(직항), 싱가포르나 방콕, 홍콩을 경유하는 비행기가 있다.

뭄바이-푸네 국내선(45분)은 제트에어웨이(www.jetairways.com)를 이용해서 직접 예약·결제

할 수 있다.

· 인천-방콕-푸네 구간(1회 경유)

인천-방콕 구간 비행기는 너무나 많다. 방콕-푸네 구간은 스파이스젯(www.spicejet.com)이

주 4회(월, 화, 금, 일) 출발하니, 비행 일정을 잘 맞춰보면 이 구간이 더 편할 수도 있다.

| 숙소 |

· 오쇼 게스트하우스Osho Guesthouse : 오쇼 아쉬람 내의 오디토리움 건물 바로 뒤쪽에 위치

해 있어서 명상센터 안에서 다니기가 수월하다. 만일 명상에만 집중하고 싶다면 오쇼 게

스트하우스에 묵는 것이 좋다. 내부는 젠Zen 스타일의 깔끔하고 기본적인 가구로 꾸며져

있다.

www.osho.com/visit/accommodations/guesthouse

· 오 호텔O Hotel : 오쇼 아쉬람 진입로 바로 건너편에 위치해 있어서 찻길 하나만 건너면 바

로 명상센터로 들어갈 수 있다. 주말에는 옥상의 야외 수영장에서 풀사이드 파티Poolside

party가 열리나, 평일에는 조용히 수영을 즐길 수 있다. 공원이 내려다보이는 동쪽 룸으로 배정해달라고 요구해야 시야가 탁 트여 좋고 조용하다.
www.Ohotelsindia.com

| 명상, 요가센터 |

· 오쇼 아쉬람Osho Commune International : www.osho.com
· 자연요법 아쉬람Nature Cure Ashram : Nisargopchar Gramsudhar Trust(http://nisargopch arashram.org)
· 아헹가 요가연구소Ramamani Iyengar Memorial Yoga Institute : www.bksiyengar.com

| 인도비자 직접 준비하기 |

서울시 용산구 한남동에 위치한 주한 인도대사관을 직접 찾아가지 않아도(시간 여유만 있다면) 우편으로도 비자를 직접 다 준비할 수 있다. BLS인도비자접수센터에서 인도비자 발급을 대행하고 있기 때문이다. 서울에 사는 사람은 물론 사진을 들고 직접 인도비자접수센터를 방문해도 된다. www.blsindiavisa.kr

| 주의할 점 |

인도 여행의 복병은 뭐니뭐니해도 '장염'이다. 여행을 하다보면 물이 바뀌어 장염이 잘 생길 수 있는데, 인도 여행자들이 가장 많이 고생하는 것이 바로 장염이다.
· 예방 : 현지 식당에서 컵에 그냥 부어주는 물은 피하고, 생수를 사 먹는다. 가능한 한 익힌 음식을 먹도록 식사 때마다 신경 쓴다.
· 현지에서의 장염 치료 : 설사가 심하면 탈수증이 금방 시작된다. 설사가 멎을 때까지 계속 따뜻한 물을 마셔야 한다. 그리고 한국에서 미리 장염치료제를 챙겨가는 것이 현명하다. 현지에서 병원에 다니지 않으려면 말이다. 만일 열이 심하고 거품설사가 있을 때는 가져간 약만 먹어서는 안 된다. 반드시 현지 병원을 찾아가 진료를 받아야 하는데, 장염이 아니라 풍토병일 수도 있기 때문이다. 병원 치료를 받게 되었을 때는 여행자보험 환급을 위해 치료비 영수증과 의사 소견서를 반드시 받아둔다.

05
:

초록빛 힐링을
온몸으로 맛보다,

홋카이도

느림의 재발견 | Hokkaido, Japan

가깝기 때문에 언제라도 금방 다녀올 수 있다는 생각에, 가고 싶은 여행지에서 늘 후순위로 밀쳐두었던 홋카이도北海道. 어느 해 가을, 9일 동안 기차와 렌터카를 이용해서 시계 방향으로 한 바퀴 돌기로 하고, 여행 가방 하나만 달랑 들고 홋카이도로 향하는 비행기에 몸을 실었다.

3시간이면 도착하는 이웃 나라, 비행하는 데 기운을 다 뺏기지 않아서 좋다. 삿포로札幌에 도착해서 노보리베쓰登別로 가는 기차에 오르자마자 유리창을 통해 홋카이도의 청정 자연이 눈에 들어오기 시작했다.

노보리베쓰의
워킹루트와 천연족탕

누구나 노보리베쓰에 오면 온천을 한다. 온천으로 유명한 곳이니 당연하다.

나는 사람 많은 대욕탕大浴湯에서 온천욕을 하는 대신, 온천지대를 한 바퀴 돌아볼 수 있는 뒷산 워킹루트Walking Route를 둘러보는 방법을 택했다. 대욕탕 옆으로 나 있는 길을 따라 잘 가꾸어진 오솔길과 산길로 걸어 올라갔더니, 구릉을 따라 온천지대를 한 바퀴 돌아볼 수 있었다.

연기가 무럭무럭 올라오는 화산 분화구 주변에는 "분화구가 갑자기 끓어오르면서 뜨거운 물이나 불이 치솟을 수 있으니 주의하라"는 경고문구가 곳곳에 붙어 있어 여행자를 긴장하게 만들었다. 10여 분 더 걸어가 천연족탕天然足湯에 도착했다. 산책길 끝에 천연족탕이 있다기에 내심 기대했었던 곳이다.

졸졸 흐르는 개울물에 발을 담그고 10분쯤 앉아 있으니 건너편에서 족욕을 하고 있던 일본 사람들이 눈웃음으로 수줍게 인사를 건네는 게 아닌가. 발이 따뜻해지니 몸까지 나른해지면서 피로가 싹 가셨다. 집에서 세숫대야에 뜨거운 물을 부어서 하는 족욕도 그렇게 좋은데, 하물며 천연온천 개울물에 족욕을 하는 이 사치스러운 행복을 어디에 비교할 수 있겠는가.

노보리베쓰, 워킹루트 끝나는 지점에서 만난 천연 족탕

니세코 래프팅과
샤코탄 반도의 노을

노보리베쓰역에서 렌트한 자동차로 처음 간 곳은 니세코였다. 화산폭발로 만들어진 동화 같은 도야 호수洞爺湖를 지나 레포츠의 천국, 니세코에 도착했다. 국제적인 도시답게 삿포로의 분위기가 도시적인 데 반해, 니세코의 첫 느낌은 상당히 목가적이었다. 전원도시다운 분위기가 물씬 풍겨졌다.

어드벤처센터에 신청한 3시간 30분짜리 래프팅은 참가자가 여럿이었는데, 7~8명(대부분 일본인 데이트족들)의 여행자들과 함께하게 되었다. 우리는 급물살을 헤쳐가면서 일본어 구호도 함께 외치고, 얕은 곳에서는 한두 명을 보트 밖으로 밀어내는 장난도 치면서 쉽게 친해졌다. 낯선 사람과 빨리 친해지는 방법은 함께 스포츠를 하는 것이라던 스포츠 마니아 친구의 이야기가 문득 떠올랐다. 대화를 많이 하지는 않았지만, 스포츠를 함께하며 보내는 시간과 호흡, 목표 달성의 기쁨 등을 공유하다보니 실제로 친해지지 않을 수가 없었다.

해질 무렵, 생애 첫 래프팅을 마치고 숙소를 향해 차를 몰았다. 샤코탄 반도積丹半島를 달리던 중 눈앞에 멋진 일몰 풍경이 펼쳐졌다. 그 순간 누구라도 차를 멈출 수밖에 없었을 것이다. 길옆에 앉아 일몰을 감상했다. 바다가 이렇게 잔잔할 수 있을까? 노을과 바다와 구름이 이렇게 멋져도 되는 걸까? 생각에 빠져 있는 동안 해는 완전히 바다 밑으로 사라졌다. 내 생애 최고의 노을이었다.

홋카이도에서
대통령 골프를

다음 날 아침, 오타루小樽
로 가는 길에 발견한 오타
루 지산 컨트리클럽. 이곳
은 유명한 골프 코스 설계가인 스기하라 테르오杉原輝雄가 오타루의
웅대한 자연을 잘 살려서 디자인한 곳으로, 자작나무와 홋카이도
적송의 자연림에 둘러싸인 수려한 경관이 아주 매력적인 골프장이
다. 안내표지판에 서울에서 자주 가던 지산리조트의 로고가 새겨
져 있어 물어보니, 역시나 오래된 골프장을 지산리조트에서 얼마 전
에 구입해서 재개장한 거란다.

골프채부터 신발까지 모두 빌려서 필드로 나섰다. 카트를 몰고
텅 빈 골프 코스 18홀을 공 두 개씩 치면서 돌기 시작했는데, 나도
모르게 점점 더 깊은 산속으로 들어가고 있었다. 골프에 집중해 있
다가 나를 졸졸 따라오는 작은 여우 두 마리를 발견하고는 깜짝 놀
라, 언덕 아래 카트까지 우사인 볼트도 울고 갈 정도로 빠르게 뛰어
내려갔다. 갑자기 등장한 여우 두 마리에 놀란 탓인지, 그다음 홀부
터는 공이 좌우로 자꾸 빗겨 맞는 게 아닌가. 여우 때문에 좀 놀라
기는 했어도 서울 근교에서는 맛보지 못한 여유로운 라운드와 심심
산속을 골프 카트로 느긋하게 돌아본 즐거움은 신선했다. 가히 대
통령 골프에 비견할 만했다.

이러한 골프 경험에 매료되어, 아사히카와旭川에서도 골프장 18
홀을 모두 돌아보았다. 아침 일찍 찾아간 아사히카와 메모리얼 컨
트리클럽은 시설도, 코스 관리도, 예쁜 캐디 할머니의 서비스도 아

주 좋았다. 바람이 신선한 데다 간간이 구름이 나와 해를 가려주니, 날씨도 100점 만점이었다. 홋카이도에서 느긋하고 여유 있는 라운드를 충분히 즐긴 덕분에 그간 서울에서 쌓였던 주말 골프의 스트레스를 말끔히 날려버릴 수 있었다. 앞뒤 팀 간격을 유지하느라 시간에 쫓겨 플레이했던 것과는 비교도 안 되는 홋카이도의 대통령 골프를 언제 또 경험할 수 있을까?

비에이에서
제주 오름을 떠올리다

아사히카와역 관광안내소의 아가씨로부터 숙소 몇 군데와 '비에이美瑛'로 가는 짧은 기차 여행 코스를 추천받았다.

비에이는 낮은 구릉과 아름다운 옥빛 강이 흐르는 동화 같은 시골 마을로, 인근의 '후라노富良野'와 더불어 사람들이 많이 찾는 곳들 중 하나다. 여름이면 야생화와 라벤더 꽃밭이 이어지고, 겨울이면 그림 같은 설국 풍경이 펼쳐져 여행자의 탄성을 자아내게 만든다. 그래서인지 수많은 사진작가들이 이 아름다운 모습을 카메라에 담고자 일 년 내내 이곳을 찾아온다. 아사히카와역에서 비에이까지 기차로 30분 거리(편도)여서 한나절 다녀오기에는 안성맞춤인 여행 코스다.

일본의 풍경 사진작가 '마에다 신조前田真三'는 일본 종단 여행 중에 비에이의 아름다움에 매료되어 평생을 머무르며 사진을 찍었다는데, 그 이유를 알 것 같았다. 홋카이도에서 볼 수 있는 '토스카나의 풍경'이라고 표현해야 할 것 같은, 굽이치는 언덕의 물결이 끝없이 이어지는 이런 독특한 광경을 카메라에 담고 싶지 않은 사진작가가 있을까? 게다가 계절마다 이 풍경의 색깔이 다양한 꽃들과 녹음으로 다채롭게 바뀌기까지 하니, 사진작가들에게 이곳은 일 년 내내 카메라를 들이대고 싶은 욕망을 불러일으키게 했을 것이다.

마에다 신조의 작품들을 감상하기 위해 사진갤러리 '다쿠신칸
拓眞館'에 들렀다. '언덕의 마을' 비에이의 풍경 사진은 제주도에 있는 김영갑갤러리 '두모악'에서 보았던 '제주 오름'의 풍경 사진과 느낌은 사뭇 다른데, 감상 후 기억 속에 진하게 남는 것은 비슷했다. 홋카이도의 비에이와 제주의 오름을 진정 사랑했던 두 작가의 마음이 전해지는 것 같았다.

완만한 구릉지에 자리 잡은 비에이는 그 아름다운 풍경 때문에 광고나 방송에 자주 등장하는데, 덕분에 '철학의 나무', '세븐스타 나무', '켄과 메리의 나무' 등은 그 유명세를 톡톡히 치르고 있다. 강원도 정동진에 있는 '고현정 소나무'나 제주 하얏트 호텔 마당에 있는 '쉬리 벤치'처럼 말이다.

보라색 라벤더 아이스크림을 하나 사먹으면서 전망공원에 앉아 비에이의 풍경을 바라보았다. 여름이 아니어서 색색의 꽃들은 볼 수 없었지만, 시선이 머무는 곳 어디에나 끝없는 구릉과 나무, 넓은 초원이 펼쳐져서 마치 조각보를 이어놓은 듯했다. 이렇게 편안한 풍경을 보고 자라는 아이들은 마음도 편안할 것이다. 비에이를

언덕의 마을, 비에이의 가을 전경

떠나면서 마에다 신조의 사진 포스터들 중에서 내 마음에 쏙 드는 작품 하나를 기념으로 골랐다. 연두와 노란 들판이 끝없이 이어지는 비에이의 언덕을 집으로 가져오고 싶었기에.

일본의 마지막 비경,
시레토코

시레토코知床는 아이누 언어로 '땅이 끝나는 곳'이라는 뜻이다. 홋카이도 북동쪽의 시레토코 반도는 국립공원인데, 2005년 유네스코가 '세계자연유산'으로 지정한 곳답게 침엽수와 활엽수가 울창한 원시림을 이루고 있다.

시레토코국립공원으로 들어가는 진입로 곳곳에서 풀을 뜯는 야생 사슴들과 여우를 만났다. 나는 오후 한나절을 시레토코의 다섯 호수를 도는 산책로를 따라 걸으며, 풀을 뜯는 야생 사슴들과 함께했다.

늦은 오후시간대라 여행객들은 거의 보이지 않았고, 호숫가 길은 한적하다 못해 고요했다. 일본에서 홋카이도는 곰 서식지로 아주 유명한 곳이다. 특히 이곳에 서식하는 곰은 불곰인데, 홋카이도 원주민 '아이누족'은 곰을 산신령으로 여길 만큼 신성시 여긴다. 일본 정부와 홋카이도 주민들이 합심해 불곰의 개체수가 줄어들지 않도록 잘 보호한 덕분에 불곰은 시레토코의 대표 관광자원이 되고 있다. 즉 인간과 야생동물이 상생하는 생태관광이 가능한 곳이라는 이야기다. 가끔 보이는 안내표지판에는 '곰 출몰주의', '곰을 목격하면 바로 연락하시오. 신고센터번호는 XXX-XXXX'라고 적혀 있었다. 곰이 정말 나타날 수도 있는 모양이다. 호숫가를 걷고 있는 내 눈앞에 갑자기 불곰이 나타나는 상상을 하면서 호수를 한 바퀴 돌았다.

아사히카와역 관광안내소 아가씨의 추천을 받아 찾아간 시레토코의 숙소 '기푸季風클럽'은 정말 만족스러웠다. 숙소는 바닷가 국도변에 있었는데, 멀리서도 여행자들의 시선을 사로잡을 정도로 외관이 독특했다. 저녁식사 후 로비의 바Bar에서 주인과 차를 마실 기회가 생겼다. 원래 큰 호텔의 전문경영인이었다는 주인은 은퇴 후 이곳을 직접 설계해서 지었다고 한다.

작지만 정갈하고 기품 있는 기푸클럽은 갖가지 배려로 여행자를 행복하게 만들었다. 시레토코 로컬푸드Local Food(지역 농산물)로 만든 맛있는 음식하며, 프라이빗한 천연 노천온천과 2층 로비의 갤러리까지 모든 것이 여행의 또 다른 즐거움을 제공했다.

자, 떠나자~
고래 구경하러

오호츠크해의 고래떼를 구경할 수 있다는 보트를 타기 위해 아침 일찍 라우스羅臼에 있는 '내추럴 크루즈Nature Cruise' 사무실로 갔다. 시골 부둣가에서 빵집과 함께 쓰는 소박한 사무실이었다. 전날 예약해놓은 명단을 확인하더니 보트로 안내해주었다. 50여 명쯤 되는 사람들과 함께 고래떼를 구경하기 위해 배를 탔는데, 대부분이 다른 지역에서 홋카이도로 여행 온 일본 사람들이었다.

배는 40분쯤 먼 바다를 향해 나아갔다. 어느 지점에 다다르자 선장은 배를 멈추고 뱃머리에 서서 망원경으로 사방을 살폈다. 이쪽저쪽 아무리 살펴봐도 바다 위로 물을 뿜으며 올라오는 고래의 흔적은 찾을 수 없었다. 다시 다른 방향으로 배를 돌려 10분쯤 더 달려가 주변을 살폈다. 그때 갑자기 갑판 위의 누군가가 큰소리로 외쳤다.

"고래다!!!!!"

순간 배 안의 모든 사람들의 시선이 한곳으로 쏠렸다. 시원하게 물줄기를 뿜으며 위로 솟구치는 고래 두 마리의 모습이 보였다. 관광객들은 사진을 찍느라 신이 났다. 이어서 돌고래떼가 한차례 바로 눈앞에서 스쳐 지나갔다. 삽시간에 배 안은 여기저기서 터져 나오는 감탄사들과 더불어 카메라 셔터를 누르는 소리들로 시끌벅적해졌다. 언제나 조용조용하고 감정표현을 아끼는 일본 사람들도 바로 눈앞에 고래떼가 등장하자 아이들처럼 환호성을 지르고 흥분했다. 누구나 멋진 광경 앞에서는 순수한 어린아이의 모습으로 돌아가나 보다.

구시로 가는 길에 들른
이토 목장

네무로 반도根室半島 끝의 전통여관 '테루즈키照月'는 탁월한 선택이었다. 작은 시골 마을이어서 그런지 한국인 손님을 보는 일은 좀처럼 없단다. 처음엔 음식점으로 시작해서 숙박업소로 탈바꿈했다는 47년 역사의 여관을 소개하는 주인장에게서 강한 자부심이 느껴졌다. 네무로 로컬푸드로 차려진 저녁과 아침 밥상은 환상적이었다. 이름도 알 수 없는 각종 생선회와 해초류, 성게알, 게살이 가득한 밥상을 마주한 순간 내 입이 딱 벌어졌다. 이렇게 멋지고 맛있는 밥상을 이런 작은 시골에서 만날 수 있으리라고는 상상도 못했었다.

테루즈키 주인장의 소개로 구시로釧路로 차를 몰고 가다가 '이토 목장伊藤牧場'에 들렀다. 홋카이도 전체가 낙농이 유명하지만, 특히 네무로 지역은 목장이 아주 많았다. 이토 목장은 길가에 카페를 만들어놓고 직접 만든 유제품들을 팔고 있었다. 농장에서 갓 짜낸 신선한 우유와 금방 만들어 싱싱한 크림치즈, 여기에 간단한 빵이나 크래커가 곁들여져 여행객들의 입맛을 사로잡기에 충분했다.

나는 카페 앞마당에서 목장을 바라보며 우유 한 잔에 크림치즈를 바른 크래커를 먹었다. 정말 둘이 먹다 하나 죽어도 모를 정도로 맛있었다. 넓은 대지에서 자연과 더불어 성장하는 젖소는 스트레스를 받을 일이 적을 테고, 당연히 신선하고 고소한 우유를 생산해낼 수 있을 것이다. 비좁은 우리에 갇혀 젖 짜는 기계 취급을 받는 한국 젖소에 비하면, 홋카이도의 젖소들은 얼마나 행복한가.

1 구시로 가는 길에 만난 이토 목장의 젖소들
2 이토 목장에서 맛본 커피와 신선한 치즈

아프리카 초원을 떠올리는
구시로 고원습지

구시로에서 명소라고 하면, 단연 시가지를 둘러싼 대규모 습원을 들 수 있다. 1987년 일본은 구시로 습원 일대를 국립공원으로 지정했는데, 습원이 주가 된 일본 최초의, 그리고 유일한 국립공원이다. 원시 자연이 그대로 살아 있는 이 습원은 관광열차도 운행된다. 나는 차를 타고 간지라 그냥 차로 한 바퀴 돌아보기로 했다.

구시로에서 아칸阿寒으로 향하는 국도 391호선을 타고 가다가 호소오카細岡역을 거쳐 야트막하게 솟은 언덕 위에 지어진 호소오카전망대細岡展望台에 도착했다. 아프리카 초원처럼 넓은 습원과, 그 습원을 관통해서 흐르는 구시로강이 한눈에 들어왔다. 아무리 카메라를 이리저리 움직여 봐도 이 넓은 습원을 한 컷에 모두 담기는 어려울 것 같았다.

구시로 습원에서는 한겨울에 눈밭을 우아하게 누비는 두루미 사진을 찍을 수 있다고 한다. 비록 그 모습을 직접 볼 수는 없었지만, 마치 그림엽서 속에서 튀어나온 듯한 아름다운 풍경을 충분히 즐겼다. 어느 방향으로 카메라를 갖다 대든 다 작품이 되고, 누구나 사진작가가 되는 곳에서 한참 넋 놓고 풍경을 감상했다.

어지럼병 덕분에
느림의 가치를 재발견한 K

K는 외국계 투자회사의 전문경영인으로, 밤낮없이 일에 쫓기고 잦은 출장으로 지쳐가고 있었다. 그러던 어느 날, 갑자기 졸도하는 일이 생겼다. 두어 번의 졸도 후 진료실을 찾아온 K에게 내린 진단은 '체력 저하와 피로 누적 그리고 심각한 업무상 스트레스로 인한 현기증'이었다. 그동안 K는 전문적으로 경영하던 회사가 매각되는 바람에 몸과 마음이 많이 시달렸고, 그 과정에서 심신이 극도로 지쳐 있었다. 그 사실을 깨닫지 못하는 사이에 몸이 먼저 주저앉은 것이다. K에게 지금 당장 필요한 조치는 삶의 속도를 늦추는 것이었다.

아름다운 자연 속에서 사람과 동식물이 어우러져 살아가고 있는 홋카이도, 특히 구시로 습원을 여유를 갖고 호젓하게 둘러보며 자신을 돌아보는 사색의 시간을 가져보면 좋을 것 같다고 K에게 권했다. 다행스럽게도 K는 나의 권유대로 혼자만의 느린 여행을 만끽했고, 얼마 뒤 환하고 밝은 얼굴로 돌아왔다.

"삶의 속도를 늦추는 것, 그것을 가능하게 하는 것이 여행이다!"

| 온천욕 건강학 |

《동의보감》 '탕액편(湯液篇)'을 보면, 온천의 효능을 설명하는 부분이 나온다. "근육과 뼈의 경련, 둔한 피부감각과 피부질환이 있을 때 온천물로 목욕한다." 이를 통해 옛날에도 만성질환, 피부질환 등의 질병을 치료하기 위해 온천물을 사용했음을 알 수 있다. 실제로도 온천욕을 하면 근육이 이완되고, 관절의 혈행 순환이 좋아지며, 피부가 매끈해지는 효과를 느낄 수 있다. 게다가 온천욕은 환자에게 안정과 휴식을 주는 심리적 치료법이기도 해서, 심신이 모두 편안해지는 효과를 볼 수 있다. 퇴행성 관절염 환자는 온천욕탕에서 가볍게 걷는 것도 좋다.

온천욕 후에는 수건으로 온천수를 닦지 말고 그대로 말려야 온천수의 미네랄 성분이 충분히 피부에 스며든다. 세계를 여행하면서 각 지역의 유명한 온천수에 몸을 담그는 경험을 해보는 것도 여행이 주는 또 다른 즐거움 중 하나일 터.

온천수는 땅속 깊은 곳에서 솟아나는 뜨거운 샘물로, 샘마다 특수한 성분의 종류와 함량이 다르고 이에 따라 효능도 다르다. 우리나라에 많은 단순천(이천온천, 척산온천)은 탄산천, 유황천, 방사능천, 황산염천 등 물속에 함유된 성분에 따라 효능도 약간씩 달라진다.

온천욕이 몸에 좋은 사람은 말초순환이 안 되어 손발이 저린 사람, 질병 후에 회복 중인 사람, 손발이 찬 사람, 각종 관절에 만성 통증이 있는 사람, 정신적으로 긴장하고 있는 사람, 속이 냉해서 소화가 잘 안 되는 사람이다. 반면 활동성 결핵이나 악성 종양, 백혈병, 고혈압, 감염성 질환이 있는 사람은 온천욕을 해서는 안 된다.

※ **주의사항** : 피부가 약한 사람은 유황천이나 산성천에 들어갔다 나온 뒤에 맑은 물로 헹궈내는 것이 좋다. 그리고 온천탕의 온도가 너무 높은 곳은 8~10분 이상 머물지 않도록 한다. 특히 류머티즘 관절염 환자는 온천욕을 즐길 때 온도에 주의해야 한다. 온천탕의 온도가 너무 높을 경우 염증이 더 심해질 수 있기 때문이다.

📝 이안의 여행 수첩

| 여행 일정 |

첫째 날 : 인천 → 홋카이도 신
  치토세공항 도착. 노보리베쓰
둘째 날 : 도야 호수, 니세코
  래프팅
셋째 날 : 아사히카와, 비에이
넷째 날 : 아바시리, 시레토코국립공원
다섯째 날 : 라우스 고래 구경, 네무로
여섯째 날 : 구시로 습원
일곱째 날 : 구시로 → 미나미치토세
여덟째 날 : 홋카이도 신치토세공항 → 인천

| 홋카이도 내 교통 |

· 기차 : 삿포로역에서 JR 패스 플렉시블JR Pass Flexible 4일권 구입
· 기차 이동 구간 : 신치토세 → 노보리베쓰(특급) / 삿포로 → 아사히카와 / 아사히카와 →
  시레토코 / 구시로 → 미나미치토세
· 렌터카 이동구간 : 기차로 이동한 구간 외 나머지 구간은 렌터카로 이동

| 여행 정보 |

· 니세코 어드벤처 센터Adventure Center : www.nac-web.com
· 기푸클럽 : (099-4355) 北海道 斜里郡 斜里町 / 0152-24-3541
· 내추럴 크루즈Ever Green Captain : www.e-shiretoko.com
· 테루즈키 료칸照月 旅館 : (087-0052) 北海道 根室市 / 0153-23-5137
· 앗토코厚床의 이토 목장 : 0513-26-2181

06
:

자연의 순수함에 잠기는
치앙마이 트레킹,

타이

되돌아보기 | Thailand

'타이Thailand' 하면 가장 먼저 방콕Bangkok의 화려한 야경이나 파타야Pattaya와 푸켓Phuket의 아름다운 해변이 떠오른다. 그러나 타이 북쪽에는 아름답고 소박한 옛 수도, 치앙마이Chiang Mai가 있다. 비록 멋진 쪽빛 바다와 해변은 없어도 나름 매력적인 여행지다. 순박함이 아직 남아 있는 성곽도시, 그리고 도시를 조금만 벗어나면 한적한 시골 마을과 울창한 열대우림의 깊은 숲을 볼 수 있는 이곳에는 때 묻지 않은 자연과 사람이 주는 위안이 존재한다.

치앙마이에서 치앙라이Chiang Rai까지 이어지는 산악지대에는 약 100만 명이 넘는 고산족들이 거주하고 있다. 이들 마을을 찾아가서 그들의 삶의 터전을 돌아보고, 함께 밥을 먹고, 잠을 자는 체험을 하는 '고산족 트레킹 코스'는 이미 여행자들 사이에서는 아주 유명하다. 여행자들은 전기도 안 들어오는 깊은 산속에 마을을 이루고 전통복장을 입은 채 자신들만의 문화를 지켜나가는 고산족을 직접 만나볼 수 있으며, 다국적 여행자들과 팀을 이뤄 며칠 동안 함께 트레킹을 할 수도 있다.

치앙마이, 시간도 쉬어가는 힐링의 도시

'남남북녀'라는 말은 타이에서도 통해 치앙마이는 미인으로도 유명하다. '미스 타일랜드'도 치앙마이에서 여럿 배출되었을 정도로, 이곳 여성들의 아름다움은 소문이 자자하다. 타이 북부지역에서 거의 500여 년 동안 번성했던 고대국가 '란나 왕국Kingdom of Lanna'의 수도였던 치앙마이, 그래서 이곳 사람들은 오래된 도시에 걸맞은 품격과 따뜻한 품성을 지닌 미인을 생산하는 유전자를 가진 모양이다.

치앙마이 시내로 들어오면서 가장 먼저 눈에 띄는 것은 구시가와 신시가를 구분 짓는 낮은 성곽과 성곽 주위의 수로다. 본래 란나 왕국의 수도는 '치앙라이'였는데, 미얀마의 침공에 시달리다가 이곳 치앙마이로 수도를 옮겼다고 한다. 그 뒤 성곽을 쌓고 적의 침공에 대비해서 성곽 밖에는 수로를 만들어 해자(성 주위를 둘러서 판 못)를 팠다. 그래서 지금도 치앙마이에서는 수로와 허물어진 낮은 성곽이 구시가를 감싸고 있는 모습을 볼 수 있다.

성곽 안의 구시가는 한 변이 2킬로미터인 정사각형 모양인데, 그 안에 호텔과 불교사원, 야시장, 레스토랑 들이 밀집돼 있어서 부담 없이 걸어서 모두 둘러볼 수 있다. 또한 도심에서 10킬로미터만 벗어나면 원시림의 밀림과 수많은 폭포를 만날 수 있고, 그 숲에 기대 사는 고산족들의 삶을 엿볼 수 있다. 구시가에는 고산족 민속의 상을 입고 관광객들에게 물건을 파는 여인들도 종종 볼 수 있다.

구시가를 걸어 다니다가 도이 수텝Doi Suthep(타이어로 '도이'는 산을, '수텝'은 신선을 뜻한다) 중턱에 있는 '도이 수텝 사원'으로 가는 썽테우Songthaew를 발견하고, 탑승했다. '미니버스Mini Bus'라고 적힌 썽테우는 지붕 달린 용달차 뒤쪽에 앉아서 가는 치앙마이의 대중교통수단이다. 썽테우 안에는 휴대전화를 만지작거리는 동자승과 도이 수텝 사원에 기도하러 가는 할머니, 그리고 나까지 모두 세 명이 타고 있었다. 꼬불꼬불 산길을 제법 돌아 해발 1,676미터 산 중턱에 위치한 도이 수텝 사원에 도착했다.

나는 사원 중앙에 있는 탑을 보러갔다. 사원 안에서는 그 누구도 신발을 신을 수 없기에 나도 신발을 벗고 탑 주변에서 경건하게 불공을 드리는 사람들 틈에 끼여 탑을 한 바퀴 돌았다. 이번 여행이 건강하게, 무탈하게 끝나기를 기도하면서….

타이 북부의 소수민족,
고산족

타이 북부와 서부, 그리고 미얀마 북부와 동부, 라오스 북부, 베트남 서북부에 이르는 넓은 지역의 산속은 고산족들의 삶의 터전이다. 200여 년

전, 중국 남부와 티베트 쪽에서 이곳 산악지대로 넘어온 고산족들, 이들 중에는 고구려인의 후예로 추정되는 소수민족도 있다고 한다.

고산족들은 주로 화전을 일구고 농작물과 가축을 기르며 살아간다(과거 주 수입원은 양귀비 재배였다고 한다). 또 자신들만의 독특한 언어와 풍습, 그리고 민족의상을 현재까지 유지하고 있다. 예전에 한 국내 텔레비전 다큐멘터리에서 평생 목에 황동 고리를 감고 생활하는 여인들을 소개한 적이 있는데, 이때 화제가 되었던 카렌Karen족은 미얀마 산속에서 살다가 지금은 타이로 옮겨와 살고 있다. 사회주의 국가가 된 미얀마에서 더 이상 살기 어려웠던 카렌족은 현재 미얀마와 타이 국경 근처에 몰려 산다. 고산족들 중에서 가장 많은 수를 차지하며, 도시에도 많이 진출해 있다. 고산족 마을을 안내하는 트레킹 가이드 중에는 카렌족 청년들이 많다.

이 외에도 해발 1,000미터 이상의 고산지대에 살면서 약초에 대해 많이 알고 있고 알록달록 터번을 쓴 라후Lahu족, 화려하게 장식한 긴 모자를 쓰고 고산족 중 유일하게 개를 먹는 아카Akha족, 해발 1,000미터 이상의 고산지대에 살면서 한국 사람과 생김새도 닮았고 한민족의 옛 지도자로 여겨지는 치우천황을 조상으로 모시는 몽Hmong족, 그리고 미엔Myen족, 리수Lisu족 등등 수많은 소수민족들이 타이 북부의 산속에 살고 있다. 나는 이들이 사는 곳을 찾아가서 곧 만날 수 있다는 설렘에 치앙마이에서의 첫날, 밤잠을 설쳤다.

치앙마이 하면 떠오르는 고산족 마을 트레킹

치앙마이 여행의 아이콘은 단연 '트레킹'이다. 깊은 산 중의 고산족과 만나고, 코끼리를 타고 숲길을 걷고, 강물에서 뗏목을 타면서 다국적 여행자들과 함께 즐기는 프로그램이다. 트레킹은 최소 1박 2일 이상이고 길게는 일주일짜리도 있다.

나는 숙소 데스크에서 2박 3일짜리 트레킹 코스를 신청했다. 트레킹에는 등산 코스가 있어 운동화와 모자는 필수, 처음부터 트레킹을 염두에 뒀기에 미리 준비해왔다. 또 고산족 마을에서 잘 때 필요한 침낭은 숙소에서 빌리기로 했다.

트레킹 프로그램은 하루에 5시간 정도는 산길을 걸어야 하기에 어느 정도 체력은 뒷받침되어야 하고, 고산족 마을의 집단 숙소에서 여럿이 자야 하기에 결벽증이 있는 사람에게는 꽤나 힘든 여행이다. 그러나 치앙마이를 외국인들에게 널리 알린 것이 바로 이 트레킹 코스라 하니, 그만큼 매력적인 이유가 분명 있을 것 같았다.

카렌족 트레킹 가이드, 분과 함께 렛츠고

아침 일찍 숙소로 나를 데리러 온 트레킹 가이드, 분Boon과 인사를 나누었다. 30대 중반의 분은 아주 쾌활한 남자였는데, 썽테우에 나를 첫 손님으로 태운 뒤 근처 숙소를 돌며 같은 일정을 예약한 여행자들을 픽

업하기 시작했다. 이렇게 하나둘 모인 최종 일행은 9명, 앞으로 3일 간 함께 모험을 떠날 다국적 트레킹 팀이 구성되었다. 슬로베니아, 이스라엘, 타이완, 미국, 캐나다, 그리고 한국. 국적은 제각각이었지 만 트레킹이라는 공통분모가 있어 금세 화기애애해졌다.

시내를 벗어나 시골길을 2시간쯤 달렸을까, 본격적인 트레킹 코스가 시작되는 지점에 도착했다. 모두의 눈빛에서 '이제부터 시작 이군' 하는 결의가 느껴졌다. 우리는 배낭을 정비하고, 신발끈을 단 단히 묶고, 모자를 눌러쓰고, 트레킹을 시작할 준비를 갖추었다.

"OK, Everybody, Let's go, and just follow me!"

분의 인솔로 산속으로 걷기 시작했다. 우리더러는 운동화에 모 자까지 단단히 준비하라던 분은 모자도 쓰지 않은 채 슬리퍼에 반 바지 차림으로 앞서 걸어가고 있다. 저 차림으로 하루 5시간 동안 산길을 걸을 수 있다니, 확실히 고산족이긴 한 모양이다. 오전이라 선선할 줄 알았는데, 아침 10시를 넘기니 온도가 금방 30도를 웃돌 았다. 게다가 열대우림 지대라 무척 습해서 조금 걸었는데도 땀이 비 오듯 떨어졌다. 사방에서 달려드는 새까만 모기떼와 날파리 때문 에 걸으면서도 계속 손을 휘둘러야 시야가 확보될 수 있었다.

이 무더위에 배낭까지 메고 산길을 5시간 넘게 걸어 올라가야 첫날 숙소가 있는 고산족 마을에 도착할 수 있다니, 더위와 모기떼, 날파리에게 어서 빨리 익숙해지기만을 바라며 묵묵히 선두를 따라 걸었다. 점점 더 깊은 숲속으로 들어가는 듯했다. 건너 마을로 가려 면 계곡을 가로지르는 외줄타기도 감행해야 한단다. 나는 아슬아슬하게 가로로 매달린 줄 하나를 잡고 외나무다리를 건넜다. 정말 아찔한 경험이었다.

"OK, Stop, Stop!"

선두에서 걸어가던 분의 휴식 사인이 떨어지자, 다들 배낭을 바닥에 내려놓고 그늘을 찾아가 앉았다. 누가 먼저랄 것도 없이 벌컥벌컥 물을 들이키는 사람들, 시계를 보니 출발한 지 2시간이 넘었다. 그 사이 온몸은 땀에 흠뻑 젖었다. 일행 중 누군가가 잠시 자리를 뜨더니 근처에 미니 폭포와 웅덩이가 있다고 했다. 분은 시간 여유가 있어 30분쯤 물가에서 쉬었다 가도 괜찮단다. 다들 옷을 훌렁 벗어던지고 물속으로 첨벙첨벙 뛰어 들어갔다. 물이 너무 차가워서 심장이 얼어붙을 것 같았지만, 오전 내내 열 받은 피부를 식히는 데는 부족한 감이 없지 않았다. 물장구치고 수영하다 보니 예정된 시간이 훌쩍 지나갔다. 고요한 숲속 개울가에 우리 팀의 시원한 웃음소리가 퍼져나갔다.

첫 번째 고산족 마을에 도착하다

목적지로 가던 중간에 잠깐 들른 마을에서 분이 직접 요리한 타이식 물국수로 점심을 먹었다. 그리고 걷고 또 걷고…, 오후 3시 드디어 카렌족이 사는 마을에 도착했다. 간단한 점심 외에는 종일 물만 마시면서 무려 5시간 이상을 걸은 탓에 피로가 갑자기 밀려들었다. 나는

122

1 점심식사로 타이식 국수를 요리해서 식탁을 차리는 분
2 고산족 강가 마을 풍경

숙소 오두막에 쓰러지듯 누워 낮잠을 청했다. 30분쯤 잤을까? 눈을 뜨니 그제야 마을 모습이 눈에 들어왔다.

채 20명도 안 되는 카렌족 주민이 모여 사는 마을엔 사람보다 닭, 개, 돼지 같은 가축의 수가 훨씬 더 많았다. 집은 우기와 높은 습도 때문에 지상에서 1미터 정도 높이에 지어졌는데, 1층 기둥에는 몸통에 끈을 묶어 매어둔 돼지도 있었다. 가만히 귀 기울이니 새와 풀벌레 소리가 들렸다. 오두막 아래에서 뛰어다니는 닭 울음소리와 낯선 손님을 반기는 강아지 소리가 마을의 정적을 깨뜨리며 울려 퍼졌다. 7~8살쯤 돼 보이는 여자아이들은 갓난쟁이 동생을 등에 업었고, 꼬맹이들은 발가벗고 마당을 뛰어다니며 놀고 있었다. 보기만 해도 미소가 번지는 평화스러운 오후 풍경이었다.

깊은 산속이라 오후 5시가 넘으니 어둑어둑해졌다. 분이 도착하자마자부터 서둘러 저녁식사를 준비한 이유를 알겠다. 전기가 들어오지 않는 오지 마을에 칠흑 같은 어둠이 내리자 바로 눈앞에서 흔드는 손도 안 보일 정도다.

우리는 촛불을 켜놓은 식탁에 둘러앉아 분이 정성껏 만든 타이식 밥과 볶은 야채로 저녁식사를 하면서 첫날 산행의 소감을 나누었다. 식사 후엔 모닥불 주변에 둘러앉아 각자 자기소개를 했다. 슬로베니아 커플 한 쌍은 즉석에서 슬로베니아 민요를 불렀다. 이렇게 트레킹 첫날이 저물었다. 오두막으로 돌아가던 길에 잠시 손전등을 끄고 밤하늘을 쳐다보았다. 쏟아지는 별들, 절로 탄성이 터져 나왔다. "Amazing!!"

코끼리 등에 올라
열대우림을 누비다

이튿날 이른 새벽, 밖은 아
직 컴컴한데 마을을 쩌렁
쩌렁 울리는 닭 울음소리
때문에 더 잘 수가 없었다. 숙소 아래에서 꿀꿀거리는 돼지들 소리도
바로 귀 밑에서 들리는 듯 시끄러웠다. 밖으로 나가 찬물로 세수하고
돌아오니 다들 일어나서 짐을 챙기고 있었다. 새벽부터 부지런을 떠
는 가축들 덕분에 다들 일찍 잠이 깬 모양이다. 분이 아침밥을 짓는
동안 마을 주변을 산책했다. 새벽안개가 자욱한 숲속 길을 이렇게 혼
자 걸어본 적이 언제였던가 싶었다.

트레킹 둘째 날, 전날처럼 오전 내내 산길을 오르락내리락 걷
고 있는데 멀리 강물이 보였다. 그때 들리는 코끼리들의 울음소리,
계곡이 떠나가라 쩌렁쩌렁 울렸다. 한 마리가 우니까 덩달아 여러
마리가 함께 울어댔다. 점심을 먹을 수 있는 고산족 마을에 도착한
것이다. 분이 점심을 만드는 사이에 강에서 수영을 하거나, 낮잠을
자거나, 커피를 마시면서 휴식을 취했다.

점심식사 후 강가에서 우리를 기다리던 코끼리들을 배정받았
다. 이제부터 두 명이 한 조가 되어 집채만 한 코끼리 머리와 등에
앉아 숲길을 지나고 개울을 건너면서 짜릿한 스릴을 만끽하는 시간
이다. 일단 올라타서 자리를 잡은 다음 코끼리의 머리를 쓰다듬으
며 '오늘 잘 부탁한다'는 인사로 교감을 나누었다. 코끼리들은 나를
태운 채로 어슬렁거리며 숲길을 가다가 먹음직스러운 풀이나 과일
이 보이면 멈춰서 코로 따먹었다. 높은 곳에 앉아 있으니 주변이 휠

코끼리를 타고 다음 마을까지 이동

씬 잘 보였다. 코끼리를 타고 이동한 지 2시간 만에 강변에 위치한 라후족 마을에 도착했다. 이곳에서 둘째 날 밤을 보내기로 했다.

라후족은 원래 티베트에서 살았던 민족이라는데, 이곳 아이들은 정말 한국인을 꼭 빼닮았다. 이 민족은 아주 낙천적이어서 오락을 즐기며 걱정 없이 산단다. 화전 농업을 하기 때문에 늘 새로운 경작지를 찾아 옮겨 다닌다는 그들의 집을 보니 대충 지은 티가 나면서 왠지 허술해 보였다.

마을에서 민속의상을 입고 돌아다니는 아카족 여인들을 만났다. 이 마을에 관광객이 온다는 소문을 듣고 2시간 거리의 산속 마을에서 걸어왔다고 한다. 직접 만든 수공예품을 팔기 위해서리라. 무려 2시간 동안 산길을 걸어왔다니, 물병 주머니라도 하나 사 주지 않을 수 없었다.

느린 물살 따라 흐르는
대나무 뗏목 래프팅

트레킹 셋째 날, 오늘은 뗏목을 타고 강을 따라 내려가는 일정이다. 열대림 우거진 깊은 계곡을 가장 원시적인 방법으로 이동하는 것이다. 아침을 여유 있게 먹은 후 마을에서 아이들과 놀다가 뗏목이 마련되어 있는 마을 옆 강가에 모였다. 두 대의 뗏목은 못 하나 없이 대나무로만 엮어서 만들었다고 한다. 솜씨도 좋아서 뗏목 위에는 배낭을 얹어놓을 대나무 받침대까지 만들어져 있다.

우리는 뗏목 두 대에 나누어 탔다. 뗏목은 분과 마을 청년 한 명이 지시하는 대로 방향을 잡아서 천천히 떠내려가기 시작했다. 우기가 아닌 까닭에 강물의 흐름이 아주 느려서 뗏목 위에 서 있어도 흔들리지 않을 정도였다. 천천히 강을 따라 흘러내려 가면서 감상하는 열대 숲속 풍경은 절경이 따로 없었다.

뗏목 래프팅이 끝나고 우리는 다시 썽테우에 올랐다. 치앙마이에 도착하니 오후 3시였다. 우리는 쫑파티를 위해 저녁에 다시 강변 바에서 모이기로 약속하고 헤어졌다. 숙소로 돌아온 나는 짐정리 후 잠깐의 휴식을 취했다. 3일 동안 함께 트레킹을 하다 보니 일행들과 꽤 많이 친해졌다. 때때로 모닥불 가에 앉아서, 별빛을 보면서, 또 한솥밥을 먹으면서 나누었던 수많은 이야기들…, 우리는 마지막 밤을 함께 보내며 또 다른 추억을 쌓았다. 가이드인 분까지 합세해 밤늦도록 맥주를 마시며 못 다한 이야기꽃을 피웠다.

치앙라이의 모조 에메랄드 불상과 캐비지 & 콘돔스 카페

아침 일찍 치앙마이에서 국내선 비행기로 30분 거리인 치앙라이로 넘어갔다. 치앙라이 북쪽의 미얀마 국경 마을과, 과거 아편무역이 성행했던 골든트라이앵글을 돌아볼 예정이었다. 치앙라이는 치앙마이보다 더 북쪽이어서 날씨가 더 시원했다. 도착했을 때 치앙라이 거리는 한산했다.

왓 프라깨오 정원

나는 숙소 앞에서 쌈러Samlor(자전거 인력거, 타이에서는 삼륜차를 '쌈러'라 부른다)를 잡아타고 란나 왕국의 한때 수도였던 치앙라이에서 제일 유명한 사원, 왓 프라깨오Wat Phra Kaew(일명 에메랄드 사원)로 향했다. 방콕에 가면 꼭 한 번 찾아가 보는 그 화려한 왕궁 안에서도 가장 유명한 에메랄드 불상이 원래는 왓 프라깨오에 있었던 것이란다. 1434년 번개로 부서진 이 사원의 탑 안에서 발견된 에메랄드 불상은 방콕으로 옮겨졌고, 지금 이곳에는 모조품이 대신 앉아 있다고 한다. 모조품이긴 하나, 치앙라이를 방문하는 사람들과 이곳 시민들은 지금도 경건한 마음으로 에메랄드 불상 앞에서 기도를 하고 소원을 빈다.

치앙라이 시내의 고산족 박물관 1층에는 '캐비지 앤 콘돔스Cabbages & Condoms'라는, 아주 재미있는 이름을 가진 카페가 있어서 가봤다. 저녁에 이곳에서 맥주를 마시면 콘돔을 무료로 나누어준다. 알고 보니 에이즈 방지를 위해 콘돔 사용을 권장하는 취지에서 PDAPopulation&commuity Development Association(에이즈 예방을 홍보하는 NGO단체)가 만든 카페였다. 의미를 알고 나니 카페 이름이 참으로 기발하다는 생각이 들었다. 타이 어디를 가도 흔하게 볼 수 있는 캐비지처럼 콘돔도 편리하고 흔하게 구입해서 사용할 수 있다면 에이즈 확산을 그만큼 쉽게 예방할 수 있을 거라는 의미로 지어졌다고 하니 말이다. 외설적인 면은 전혀 없고 다분히 예방의학적인 관점에서 지어진 이 카페의 이름은 누구나 한 번 들으면 절대 잊을 수 없을 정도로 독특하다.

통치마 입은 남자,
타나카 바른 여자

치앙라이 북쪽의, 미얀마
와의 국경지역인 매사이
Maesai로 가기 위해 시외버

스를 탔다. 매사이에서는 한나절 동안 미얀마 타킬렉Thakhilek에 다녀
올 계획이었다. 걸어서 국경 검문소를 지나 타이에서는 볼 수 없는
신기한 풍경들이 계속 눈에 띄었다. 가장 먼저 많은 사람들이 전통
의상을 입고 다니는 모습이 눈에 들어왔다. 남녀 모두 '론지Longi'라
는 긴치마를 입고 다녔다. 학생들도 붉은 전통의상의 교복을 입고
다니는데, 하나같이 너무 예뻤다. 그리고 타이에서는 좀체 볼 수 없
었던 인도계 사람들이 이곳엔 제법 많았다. 미얀마가 인도와 직접
국경을 접하고 있어서일 것이다.

또 하나 눈에 띈 점은 대부분의 여자들과 많은 수의 남자들이
얼굴에 흰색의 '타나카Thanakha' 가루를 바르고 다니는 모습이었다.
이 가루는 일종의 천연화장품인데, 미얀마에서 자생하는 타나카
나무를 돌판에 물을 뿌리면서 갈아 만든다. 타나카는 이미 2천 년
전부터 화장품으로 사용해온 기록이 있을 만큼 오래된 천연화장품
인 셈이다. 타나카 가루는 직사광선으로부터 피부를 보호할 뿐만
아니라 청량감을 느끼게 해서 더위를 해소하는 데 도움을 준다. 여
기에 미백효과와 살균효과까지 있어서 피부를 곱게 가꿔준다. 그러
나 얼굴에 바른 티가 너무도 확실해서 시각적인 아름다움을 위한
화장품은 아닌 듯하다. 바른 듯 안 바른 듯 자연스러웠다면 금상첨
화였을 텐데, 아쉽다.

마약왕 쿤사의 근거지였던
골든트라이앵글

미얀마 타킬렉에서 타이 매사이로 걸어서 국경을 다시 넘었다. 그리고 솝루악Sop Ruak(골든트라이앵글 지역)으로 간다는 썽테우를 탔다. 썽테우를 타고 시골길을 달리는 기분이 참 좋았다. 구석구석까지 필요한 곳에 정확히 데려다주는 썽테우는 우리의 마을버스와 비슷한 대중교통수단으로, 길에 따로 정류장이 있지도 않은데 용케도 운전사는 알아서 손님들을 내려주고 또 태운다. 타이어를 할 줄 모르지만, 목적지만 운전사에게 정확히 전달하면 의사소통은 완벽하게 된 것이다. 요금은 목적지에서 내릴 때 지불하면 되는데, 항상 느끼는 것이지만 요금이 너무 착하다.

타이, 미얀마, 라오스 3국의 접경에 위치한 골든트라이앵글이 유명해진 이유는 한때 세계 아편 시장의 70퍼센트까지 공급했던 마약 밀매 조직 '쿤사'의 주요 근거지라는 점 때문이다. 마약왕 쿤사 역시 미얀마의 소수민족 출신이었다고 하는데, 당시 쿤사의 제갈량으로 불렸던 장수천 참모장의 도움을 받아 소수민족의 영웅으로까지 불렸다. 미얀마 정부에 의해 구금된 적도 있는 쿤사는 2007년 미얀마의 수도 양곤에서 사망했다.

쿤사의 화려한 뒷이야기는 영화 〈대부〉를 연상케 한다. 특히 그 당시 이 지역의 소수민족들은 경제적인 이유로 쿤사의 하부 농장 노릇을 했었다. 이것이 여기에 아편박물관을 세우게 된 이유일 터. 아편박물관의 전시품들은 굳이 시간을 따로 내서 볼 만한 수준은 안 되었으나, 이곳에 아편박물관을 세운 의미는 충분히 이해되었다.

꼬리배를 타고
메콩강을 내려가다

숍루악에서는 건너편 라오스 땅과 국경을 나누고 있는 메콩강 강변에서 꼬리배를 타고 강을 따라 치앙샌Chiang Saen까지 내려갈 수 있다. 메콩강을 따라 내려가면서 라오스 쪽의 모습을 더 자세히 볼 수 있고, 치앙샌에서는 치앙라이로 가는 버스를 탈 수도 있다.

강물을 따라 내려가면서 꼬리배 위에서 바라본 강변의 라오스 주민들 집은 미얀마보다도 더 열악했다. 강폭이 처음에는 아주 넓었지만 내려가면서 점점 좁아져 강 건너편 집 마당이 훤히 들여다보일 정도였다. 이렇게 강변과 가까워졌다, 멀어졌다를 반복하면서 계속 강을 따라 내려갔다. 라오스 쪽 강변에서 먹을 감으며 놀고 있던 아이들이 순박한 얼굴로 나를 바라보며 손을 흔들어주었다.

돌아갈 버스를 기다리며
메콩강변에 앉아 H를 생각하다

치앙라이행 버스를 기다리며 길가 정류장에서 한참을 있으려니, 문득 여행 오기 전까지 치료했던 H가 생각났다. 중학교 1학년생인 H는 어느 날 어머니와 함께 진료실로 찾아왔다. 중학교 입학 후 불안증후군과 우울증 증상이 생겼는데, 알고 보니 학교에서 왕따를 당하고 있었다. 나는 일단 H를 학교와 반 친구들로부터 떼어놓고 치료를 시작할 것을 권했다. 나의 권유를 받아들인 부모는 H를 학교에 보내지 않고 집에서 공부하게 했다. 그러면서 한방 치료를 꾸준히 받았는데, 다행히 증상이 많이 좋아지고 있던 차였다.

만일 H가 치앙마이 고산족 마을을 여행할 수 있다면, 어두컴컴한 산속 오두막에서 부모에게 이런저런 속마음을 다 털어놓을 수 있을 것 같았다. 코끼리 등에 올라타서 열대수풀을 헤치며, 코끼리와 교감을 나누는 감동의 시간을 지나면서 마음의 문을 좀 더 열 수 있지 않을까? 학업 스트레스와 왕따 스트레스로부터 아이들의 감성을 다치지 않게 하는 방법으로는 짧더라도 부모와 함께하는 개별 여행이 단연 최고다.

"여행은 인생을 되돌아보고, 그 속에 숨어 있는 가능성을 끌어올리는 여정이다!"

| 타 이 전 통 마 사 지 |

타이 마사지는 지금으로부터 2500년 전, 불교의 승려에 의해 만들어졌다. 방콕에서 가장 오래된 사원인 왓 포Wat Pho에서 전통의학의 일부분으로 타이 마사지가 탄생한 것이다. 지압과 스트레칭을 위주로 하는 고대식 마사지이며, 몸 전체의 경혈을 이어주는 경락 이론을 가지고 지압을 행한다.

손이나 발을 이용해서 밀고 당기는 동작을 많이 사용하는 기법이며, 오일은 사용하지 않는다. 근육을 지긋이 늘려주면서 에너지의 균형을 맞춰주는 마사지 방법으로, 몸의 유연성을 좋게 하는 한편 신체의 조화를 돕는다. 혈액순환은 물론이고 피로회복과 심신의 안정에도 도움이 된다.

타이 마사지에서의 지압점은 한의학의 경혈점과 거의 동일하다. 그 이유는 '기에너지 의학'인 동양의학을 기본으로 삼았기 때문일 것이다.

※ **주의사항** : 타이 마사지를 받을 때는 힘을 뺄 것, 부드러운 호흡을 유지하면서 마사지하는 사람과 일치시킬 것.

왓포 사원. 전통 타이 마사지의 탄생지

이안의 여행 수첩

| 여행 일정 |

첫째 날 : 인천 → 치앙마이
둘째 날 : 치앙마이 트레킹 1일째
셋째 날 : 트레킹 2일째
넷째 날 : 트레킹 3일째(마지막 날)
다섯째 날: 치앙마이 → 치앙라이(국내선 비행기로
   30분 소요)
여섯째 날 : 치앙라이 → 미얀마 국경지대 →
   골든트라이앵글 → 치앙샌 → 치앙라이
일곱째 날 : 치앙라이 시내
여덟째 날 : 치앙라이 → 방콕 → 인천

| 여행 정보 |

· 치앙마이 날씨

  12~2월 건기에는 아침 기온이 20도 안팎. 낮 기온은 30도 넘게 올라가지만 건기에는 습
도가 낮아서 그늘에 있으면 서늘하다. 낮에도 긴팔 옷이 필요하고, 아침저녁으로는 두꺼
운 겉옷을 껴입어야 한다.

07
:

캠퍼밴으로 그림 같은
남섬을 여행하다,

뉴질랜드

용기 얻기 | South Island, New Zealand

뉴질랜드 남섬South Island이 영국 BBC가 뽑은 '죽기 전에 가봐야 할 50곳' 중 4위로 선정되었다는 기사가 마음을 확 끌었다. 인간과 자연이 어우러진 곳, 훼손되지 않은 자연의 아름다움을 그대로 간직한 남섬으로 떠나기로 결정했다. 그리고 이 특별한 곳을 여행하기 위해 특별한 방법에 용기를 내보았다. 남섬에서 마주치는 차들 중 둘에 하나는 '캠퍼밴Campervan'이라고 할 만큼 뉴질랜드는 캠퍼밴의 천국이 아닌가. 나도 캠퍼밴을 타고 뉴질랜드를 돌아보기로 했다.

캠퍼밴은 차량 크기에 따라 2인승, 4인승, 6인승으로 나뉘는데, 나는 2인승 브리츠Britz 캠퍼밴을 예약해두었다〔캠퍼밴은 '캠핑카'(Campingcar) 혹은 '모터홈'(Motor Home)이라 불리는 레저용 차량을 말한다. 뉴질랜드에서는 줄여서 '캠퍼'(Camper)라고 부른다. 차 내부에는 침실은 물론 텔레비전, 싱크대, 가스스토브, 전자레인지, 냉장고, 에어컨 등이 구비되어 있는데, 한마디로 움직이는 콘도미니엄인 셈이다〕.

첫날 아침,
양떼와 맞닥뜨리다

크라이스트처치Christ church 공항에서 미리 예약해놓은 캠퍼밴을 넘겨받았다. 도심지를 벗어나 10분쯤 달리는데, 마주 오는 차가 한 대도 없을 정도로 도로는 아주 한적했다. 도로 양옆에는 구릉진 푸른 목장이 펼쳐졌고, 커브를 돌 때마다 새로운 나무숲과 깊은 강과 골짜기 풍경이 등장했다. 해 지기 전에 오토캠핑장을 찾으려 했지만 실패하고, 할 수 없이 국도 옆 목장 한쪽에 캠퍼밴을 세우고 남섬에서의 첫 번째 밤을 보냈다.

이른 새벽, 해 뜨는 모습을 카메라에 담고자 캠퍼밴 뒷문을 활짝 열었다. 그 순간 문 앞에 모여 자던 양떼와 눈이 마주쳤다. 양들도 놀라고, 나도 놀라고. 밤새 캠퍼밴이 바람을 막아줘서 양들이 따뜻하게 모여 잘 수 있었던 모양이다.

카메라 셔터를 누르는 손이 갑자기 바빠졌다. 양들이 도망가기 전에 앵글에 담아야 해서 마음이 급했다. 뉴질랜드 인구가 남·북섬 합해 400만 명밖에 안 되는데, 방목하는 양의 숫자는 5,000만 마리다. 사람보다 양이 10배는 더 많다. "뉴질랜드에 가면 양만 실컷 보다가 온다"는 우스갯소리가 있다더니, 본격적인 여행 첫날 아침부터 양들을 제대로 구경했다.

이른 새벽에 만난 양떼들

아서스 패스를 넘어
동쪽 해안으로

아서스 패스Arthur's Pass는 남섬의 동쪽에서 서쪽으로 이동하는 길이 230킬로미터의 고갯길로, 크라이스트처치에서 캔터베리Canterbury 평원을 가로질러 서쪽 해안에 있는 그레이마우스Greymouth까지 연결돼 있다. 한국으로 말하자면, 영동고속도로 정도의 길이다. 그러나 한국의 고속도로를 상상하면 안 된다. 지나다니는 차도 없고, 근사한 휴게소도 없기 때문이다. 그리고 트랜츠관광열차Tranz Scenic Train가 자동차 도로와 나란히 달리는, 풍경이 기가 막히게 좋은 코스다.

캠퍼밴을 타고 달리면서 도로 주변의 비탈진 산과 협곡, 강, 숲이 만드는 깨끗하고 푸른 경관을 마음껏 감상했다. 눈앞에는 고원지대가, 그리고 저 멀리에는 설산이 웅장한 모습으로 버티고 있었다. 뉴질랜드의 서해안은 원시의 세계가 끝없이 펼쳐지는 장관이다. 상상해본 적도 없는 거칠고 야성적인 자연이 펼쳐지는 해안이다.

산을 넘고, 평원을 지나고, 계곡을 가로질러 계속 달렸다. 해안도로에 심어놓은 방풍림들이 없었다면, 속도를 내던 캠퍼밴이 바람에 휘청거렸을 것이다. 워낙 바람이 세서 창문을 열고 달리는 것은 상상도 할 수 없었다.

남섬 서쪽, 호키티카Hokitika에서 다시 남쪽으로 달려 프란츠요제프Franz Josef에 위치한 첫 번째 홀리데이파크Holiday Park 오토캠핑장에 도착했다. 뉴질랜드 남·북섬을 통틀어 홀리데이파크는 수백 군데가 넘으며, 이중에는 캠퍼밴 100대 이상을 한꺼번에 수용할 수 있는 녹지 공간을 확보한 곳도 많다. 둘째 날 묵은 곳이 그랬다. 주방과 다이닝룸, 바비큐 시설도 갖추었고, 인터넷도 이용할 수 있었다. 캠퍼밴 이용자들은 홀리데이파크에서만 차 안에 두었던 음식찌꺼기와 오물을 버릴 수 있다. 만일 지정된 장소 이외의 곳에 이런 것들을 버렸다가는 벌금을 내야 한다. 전기와 수도를 차에 연결하는 작업을 마친 후 음식찌꺼기와 오물을 버렸다. 샤워까지 마치고 나니, 천국이 따로 없었다.

남십자성에서
견우직녀까지

바비큐 시설에서 구운 연어에 뉴질랜드산 소비뇽 블랑Sauvignon Blanc을 곁들여 저녁식사를 했다. 그때 옆자리에서 스테이크를 만들던 뉴질랜드 노부부와 눈이 마주쳤다. 인사를 나눈 후 대화를 나누게 되었다. 은퇴 후 캠퍼밴을 이용해 자주 여행을 한다는 노부부는 별자리에 관심이 많았는데, 남반구와 북반구의 별자리 차이에 대해 이야기하다가 내게 '남십자성'을 찾는 방법을 가르쳐주었다. 남반구에서 남십자성은 방향을 찾는 기준이 되는데, 이 별이 보이는 곳이 남쪽이다.

뉴질랜드 국기에 그려져 있는 유니언 잭과 선명한 네 개의 빨간색 별. 이 별의 바로 남십자성이고, 국기의 바탕이 청색인 것은 남태평양을 뜻한다. 그만큼 뉴질랜드 사람들에게 남십자성은 특별한 의미를 지닌다.

나는 그 답례로 칠월칠석에 은하수를 사이에 두고 가장 가까워지는 두 별자리, 즉 일 년에 한 번 만나는 견우와 직녀 이야기를 해주었다. 칠월칠석에는 연인의 상봉과 이별의 눈물이 비가 되어 내린다고 했더니, 진짜로 비가 오냐며 신기해했다.

여행을 떠나오니, 일상에서 늘 익숙하던 것들을 다시 돌아보게 된다. 북극성도, 익숙했던 설화도, 그리고 절기에 따라 시시각각 변하던 일상도 타인의 낯선 눈으로 한 번 더 돌아보게 된다. 그동안 익숙했던 나 자신의 모습과 생각도 객관적인 시선으로 돌아보게 된다. 참으로 여행이란, 신비로운 경험들의 연속이다.

빙하 위를 걷고,
크레바스를 뛰어넘다

프란츠요제프 빙하 트레킹은 시내의 투어센터에서 반나절 코스와 하루 코스를 선택하는 것에서부터 시작된다(물론 헬리콥터를 타고 내려다보는 관광도 있지만, 대부분의 관광객들은 워킹투어를 신청한다). 이 빙하는 1864년 이곳을 처음 탐험한 오스트리아인 율리우스 본 하스트Julius Von Haast가 조국 오스트리아 황제의 이름을 따 '프란츠요제프'라 불렀다. 프란츠요제프에는 빙하로 둘러싸인 산들이 많다. 이들 빙하는 길이가 대략 11킬로미터나 된다. 또 그 모습이 특이한데, 마치 높은 산에서 바다를 향해 직접 떨어지는 듯한 형상이다. 산꼭대기의 빙하가 수억 년의 세월 동안 도시 바로 가까이, 즉 해발 300미터 지점까지 밀려와 있는 것은 세계적으로도 보기 드문 풍경이라고 한다.

거대한 빙하 계곡의 입구에 도착했다. 버스에서 내려 가이드가 이끄는 대로 빙하 말단부, 신비한 얼음 세계로 들어갔다. 시키지 않았는데도 사람들의 시선은 자연스레 발밑의 빙하로 모아졌다. 가이드를 따라 걷다보니 미리 길을 만들어둔 곳도 있고, 잘 올라갈 수 있도록 미리 징을 박아 로프를 매달아둔 곳도 있다.

가이드의 설명도 듣고, 푸른 얼음 위에서 위험천만한 크레바스 Crevasse(빙하의 갈라진 틈)를 폴짝 뛰어넘는 짜릿함도 느끼면서 반나절을 걷다보니, 어느덧 처음 버스에서 내렸던 장소로 돌아왔다. "전문 가이드 없이는 빙하 근처에 접근하지 말라"는 표지판이 눈에 띄었다. 가끔 나 홀로 여행객이 가이드 없이 빙하를 걷다가 크레바스에 빠지거나 실족사하는 경우가 있다고 하는데, 참으로 겁 없는 사람들이다.

남극 가까이
다가가다

지독한 해풍으로 바닷가의 방풍림이 육지 쪽으로 휘어져 있는 어느 해변에 캠퍼밴을 세웠다. 바다 저쪽에 남극이 있었다. 언젠가는 남극에도 가볼 수 있기를 기원하다가, 일단 가까이 다가간 기념으로 커피 한 잔을 끓여마셨다. 어디든 발길 닿는 곳이 카페요, 식당이요, 숙소인 캠퍼밴 여행이기에 이런 호사가 가능했다. 커피 한 잔의 여유, 남극에서 불어오는 진한 바다 내음과 커피 향이 섞인 그 맛은 뭐라 형언

하기 어려웠다.

커피 맛의 여운을 느끼다가 문득 미안해졌다. 수억 년의 세월이 묻어나는 거친 풍경 앞에서는 누구라도 숙연해지리라. 남섬 어디를 가든 남극과 관련된 아트 작품이나 펭귄을 그린 생활용품들을 볼 수 있다. 그만큼 가까이에 남극이 있다는 이야기인데, 사실 여행 중에는 잘 실감이 되지 않았었다. 남극을 향해 활짝 열려 있는 이 해변에 도착하기 전까지는 말이다. 이렇게 해변에서 남극 쪽을 바라보고 있자니, 금방이라도 남극으로 건너갈 수 있을 것만 같았다. "참, 멀리도 여행을 왔구나" 하는 생각이 들었다.

세계 어드벤처 여행 1번지,
퀸스타운

'빅토리아 여왕을 닮은 도시'라는 의미의 '퀸스타운 Queenstown', 워낙 아름다운 곳이어서 이런 지명이 붙여졌다. 국제선 비행기가 뜨고 내리는 곳도 아니고, 사람들로 북적거리는 대도시도 아닌데, 왜 인구도 얼마 안 되고 면적도 작은 이곳이 세계적인 관광도시로 떠올랐을까? 그 이유는 직접 가보기 전에는 알 수가 없다.

와카티푸 호수 Lake Wakatipu는 그저 퀸스타운의 아름다움을 거드는 관상용 호수가 아니다. 이 호수 협곡을 가로지르는 43미터 높이의 '카와라우 Kawarau 다리'는 번지점프의 원조다. 1988년, 세계 최초로 이곳에서 번지점프가 상업화된 이후 지금까지 이 다리에서 뛰어

내린 사람은 50만 명을 넘는다(영화 〈번지점프를 하다〉를 찍은 곳도 바로 카와라우 다리다).

　　다리 위의 번지점프대에서는 지금도 여전히 탄력 좋은 로프에 두 발을 묶고 '번지'를 크게 외치며 아찔한 계곡 아래로 뛰어내리는 사람들을 볼 수 있다. 번지점프에 도전했다가 성공하면 증명서도 발급해준다. 게다가 퀸스타운의 더리마커블스The Remarkables와 코로넷피크Coronet Peak는 스키 마니아라면 누구나 한 번쯤 가보고 싶어하는 환상적인 스키장이다. 그곳에서는 우리 돈 몇 만 원으로 아름다운 호수와 웅장한 산맥의 만년설을 보면서 하루 종일 골프 라운드를 즐길 수 있다. 그래서인지 이곳에서 만나는 사람들은 모두 스포츠광일 것만 같은데, 의외로 퀸스타운에서 스포츠를 즐기는 이들은 주로 외부인들이란다. 뉴질랜드뿐 아니라 전 세계에서 몰려오기 때문이다.

반지의 제왕,
뉴질랜드를 바꾸다

퀸스타운은 영화 〈반지의 제왕〉 촬영지로 알려진 이후에 유명세를 톡톡히 치르고 있다. 이 영화는 1954~55년 출간된 톨킨J. R. R. Tolkien(영국 출신의 소설가)의 판타지 소설을 뉴질랜드의 자연을 배경으로 촬영해서 2001~2003년 전 세계를 판타지에 몰입하게 만든 시리즈물인데, 이 영화가 개봉된 이후 뉴질랜드는 낙농업을 제치고 관광업이 외화벌이 효자산업으로 떠올랐다.

이 영화를 찍은 뉴질랜드 출신의 피터 잭슨 감독은 고국의 아름다운 자연경관을 세계 각국에 소개하고 관광산업 육성에 기여한 공로를 인정받아 뉴질랜드 정부로부터 기사 작위를 받았고, 엄청난 흥행을 기록한 〈반지의 제왕〉 속편 촬영을 위해 뉴질랜드 정부는 노동법까지 바꾸었다고 한다. 참 부러운 이야기다. 〈반지의 제왕〉 이후에 이곳에서 찍은 영화가 속속 개봉되었다. 〈호빗〉, 〈나니아 연대기〉, 〈킹콩〉도 퀸스타운에서 촬영했다. 송강호가 주연한 영화 〈남극일기〉 역시 실제로는 남극이 아닌 뉴질랜드에서 촬영했다고 한다.

뉴질랜드, 특히 퀸스타운이 영화와 다큐멘터리를 비롯한 각종 영상 제작 장소로 각광받는 이유는 바로 광활한 초원과 멋진 빙하지대를 모두 가지고 있기 때문일 것이다. 사실, 어디로 카메라 앵글을 갖다 대어도 영화 한 편이 뚝딱 만들어질 것만 같은 장소다.

빙하가 녹아 이룬 두 호수를 안고 있는 마운틴 쿡

캠퍼밴을 타고 구불구불한 언덕을 올라갔다가 내리막길로 커브를 트는 순간, 거대한 푸카키 호수Lake Pukaki와 그 뒤에 병풍처럼 자리 잡고 있는 백발의 산이 보였다. 숨이 멎을 만큼 아름다운 풍경에 가슴이 뛰면서 저절로 감탄사가 나왔다. 호수에 비친 설산은 마운틴 쿡Mountain Cook(해발 3,754m)인데, 설산에서 흘러내린 빙하가 호수에 녹아들어 물색깔이 옥빛이다.

푸카키 호수에서 크라이스트처치 방향으로 한 시간쯤 더 달리니 데카포 호수Lake Tekapo가 나왔다. 코발트블루의 이 호수도 수천 년 동안 거대한 빙하가 녹아내린 물이 모여 이루어졌는데, 그 까닭에 물 빛깔이 보석 같다. 호수 주변에는 달랑 나무 몇 그루, 돌로 지은 소박하고 작은 교회가 하나 있다. 이 교회가 그 유명한 '선한 양치기 교회Church of Good Shepherd'다. 열댓 명 정도가 앉으면 가득 찰 것만 같은데, 아직도 매주 주일예배가 열린다. 전시용이 아니라는 데 놀랐고, 소박한 멋에 또 한 번 놀랐다. 데카포 호수와 참 잘 어울렸다. 전체가 어우러져서 한 폭의 담백한 동양화를 보는 것 같았다.

그리고 그림 같은 두 개의 아름다운 호수를 안고 있는 설산, 마운틴 쿡은 그 웅장한 자태가 남반구 최고의 명산다웠다. 꿈만 같은 남섬 중에서도 가장 비현실적인 경관을 자랑하는 마운틴 쿡의 모습을 한 번 본 사람은 평생 잊지 못할 것이다.

화이트 와인의 종결자, 뉴질랜드 소비뇽 블랑

뉴질랜드 여행의 즐거움은 멋진 자연풍경에서 끝나지 않았다. 평소 좋아하는 화이트 와인을 저렴한 가격에 마실 수 있어서 식사 때마다 와인을 곁들여 음식을 해먹는 재미가 쏠쏠했다. 특히 내가 즐겨 마시는 뉴질랜드 소비뇽 블랑Sauvignon Blanc은 뉴질랜드 와인의 정체성을 드러내는 대표적인 품종이다. 향이 달콤하고 깔끔하며 싱그러운 청량감이

테카포 호수

매력인데, 해산물이나 닭고기, 채소, 과일 등 웬만한 모든 음식과 잘 어울린다. 만일 소비뇽 블랑의 유명 산지가 모여 있는 말보로 Marlborough에 들를 수 있었더라면, 틀림없이 클라우디베이Cloudy Bay와 몬타나Montana 와이너리 정도는 견학했을 것이다.

게다가 뉴질랜드 와인은 대부분 생수병처럼 돌려 따는 스크루 캡Screw Cap으로 되어 있어서 여행자 입장에서는 뚜껑을 열기가 쉬워 더욱 반가웠다. 뉴질랜드 와인은 프랑스나 이탈리아 와인의 역사와 전통을 따라가기는 어렵고 칠레 와인의 저가 공세를 이겨내기도 힘들었을 테지만, '유기농'이라는 콘셉트를 잘 활용해서 경쟁력을 키웠다. 뉴질랜드 와인을 마시면서 자세히 관찰해보니, 라벨에 구름, 동물, 식물 그림이 많이 등장했다. 자연을 좋아하는 뉴질랜드 사람들의 기질을 와인 라벨 하나에서도 발견할 수 있었다.

자연이 숨 쉬는 땅,
100% 순수한 뉴질랜드
'100% Pure New Zealand (100% 순수한 뉴질랜드)', 이 문구는 뉴질랜드 정부가 해외 관광객 유치를 위해 채택한 마케팅 슬로건이다. 순수의 자연이 숨 쉬는 땅, 뉴질랜드를 표현하는 말로 정말 '딱'이다. '청정', 'Pure' 같은 단어는 뉴질랜드를 지켜주는 생명줄이다. 때문에 본토로 들어오는 농축수산물의 검역이 그 어느 곳보다 철저하다. 그래서인지 뉴질랜드에 입국할 때 정말 철저히 가방 수색을 당했는데, 대부분의 여행자들에게 해당되는 절차다. 특히 포장이 잘되어 있어도 음식물 종류는 웬만하면 검색대에서 압수한다. 그 정도로 관리가 철저하니, 오염되지 않은 '순수한' 지역으로 남을 수 있었을 것이다.

또한 내부 관리도 철저하다. 뉴질랜드 소들의 거의 대부분은 자연 목장에 방목된다. 목초지가 워낙 널려 있어 굳이 인공사료를 먹일 필요도 없다. 동물성 사료를 먹는 가축에서 생기는 광우병이 애초부터 발생할 이유가 없는 셈이다.

키위, 키위 허즈번드
그리고 연가

뉴질랜드 여행을 준비하면서 뉴질랜드 사람을 '키위Kiwi'라고 부른다는 사실을 알게 되었다. 키위는 과일 이름인 줄로만 알았는데, 뉴질랜드에서만 사는 희귀새의 이름이면서 뉴질랜드 사람을 가리키는 말이기도 한다는 것이다. 또 하나 재미있는 사실은 '남편'을 '키위 허즈번드Kiwi Husband'라고 부르기도 한단다. 뉴질랜드는 세계 최초로 여성에게 투표권을 준 나라다. 이것이 1893년의 일이다. 그만큼 여권女權이 강하다. 그래서 가정 내 서열은 아내, 자녀, 노부모, 개, 그다음이 '키위 허즈번드'라는 농담이 있을 정도다.

그리고 뉴질랜드 친구들과 이야기를 나누다가 "비바람이 치던 바다, 잔잔해져 오면, 오늘 그대 오시려나, 저 바다 건너서~" 이렇게 시작하는 노래 〈연가戀歌〉가 사실은 뉴질랜드 마오리족의 민요 〈포카레카레 아나(Po Karekare Ana)였다는 사실을 알게 되었다. '영원한 밤의 우정'이라는 의미다. 적군을 사랑했던 젊은 남녀의 슬픈 사랑 이야기를 담은 노래란다. 오지 않는 님을 기다리고 기다리는 연인의 안타까움을 밝고 경쾌한 멜로디에 담았는데, 학창 시절에 즐겨 부르면서도 이 노래에 그토록 슬픈 이야기가 숨겨져 있는 줄은 몰랐었다.

몸이 아프면 마음부터 살펴야

늦깎이 대학원생인 K가 누렇게 뜬 얼굴로 진료실을 찾았다. 집안의 복잡한 문제로 가족들과 심한 갈등을 겪으면서 화병, 불면증, 공황증과 우울증이 생겼다. 이미 자살도 두 번이나 시도했었다. 정신과 약을 비롯해서 그동안 처방받은 병원 약들을 한 꾸러미 펼쳐 보이는 K에게 "치료도 중요하지만 마음가짐이 더 중요하다. 복잡한 가족 문제에서 자신을 피해자라고만 생각하지 말고, 스스로 마음을 다스리고 자존감을 높여야 한다"라고 조언해주었다.

몸이 아프면 당장 통증부터 없애려 하지 말고, 마음을 함께 챙기자. 그리고 바쁜 중에도 규칙적으로 나만의 시간을 가져보자. 짧더라도 온전히 자신만의 여행에 투자하는 것도 마음의 여유를 찾아주는 좋은 방법이다.

"여행은 자신을 극복하는 용기를 얻을 수 있는 절호의 기회다!"

📝 이안의 여행 수첩

| 여행 일정 |

첫째 날 : 인천 → 크라이스트처치(캠퍼
밴 렌트)

둘째 날 : 아서스 패스 국립공원 →
호키티카 → 프란츠요제프

셋째 날 : 프란츠요제프 빙하 트레킹

넷째 날 : 하스트Haast , 잭슨베이Jackson Bay

다섯째 날 : 와나카 호수Lake Wanaka, 퀸스타운(와카티푸 호수)

여섯째 날 : 푸카키 호수 → 데카포 호수 → 크라이스트처치(캠퍼밴 반납)

일곱째 날 : 크라이스트처치

여덟째 날 : 크라이스트처치 → 인천

뉴질랜드
남섬

크라이스트
처치

퀸스타운

더니든

| 여행 정보 |

· 뉴질랜드 남섬 면적은 남한의 1.5배다.

· 한국과 기후가 반대여서 7~8월이 겨울이고, 1~2월이 여름이다.

· 한국보다 3시간 빠르다(10월부터 3월까지의 서머타임 기간에는 4시간 빠르다).

| 비행편(인천 → 크라이스트처치) |

아시아나, 콴타스항공(시드니 경유) / 싱가포르항공(싱가포르 경유) / 에어뉴질랜드(나리타-오클랜드
경유)

| 여행 준비 |

· 뉴질랜드닷컴 : www.newzealand.com

· 웨스트코스트 지역 정보 : www.westcoast.co.nz

· 뉴질랜드에서 커피를 주문할 때 알아둬야 할 팁 하나. 종업원들이 주문을 받을 때 "Black or White?"라고 물어본다. 블랙은 말 그대로 '아메리카노'이고, 화이트는 우유를 넣은 '카페라테'를 뜻한다.

· 뉴질랜드의 자부심, 올블랙 : 번지점프 외에 뉴질랜드에서 각광받는 스포츠가 또 하나 있는데, 바로 럭비다. 뉴질랜드의 국민 스포츠인 럭비 국가대표팀 '올블랙All Black'의 인기 는 실로 대단하다. 그래서 뉴질랜드 사람들과 럭비 이야기를 하면 금세 친구가 될 수 있 다. 럭비월드컵은 4년마다 열리므로, 앞으로 럭비월드컵이 열리는 해에 뉴질랜드를 방문 하는 행운이 있다면, 꼭 경기를 보러 가길 추천한다.

| 뉴질랜드 마누카 꿀 |

마누카 꿀Manuka Honey은 뉴질랜드 북동부 지역에서 자라는 마누카 꽃에서 채취한 꿀로, 독특한 향과 맛을 가지고 있다. 항균, 항박테리아 효능이 뛰어나서 약용으로 섭취하는 최 고의 건강 꿀로, 오래전부터 뉴질랜드 원주민인 마오리족의 상처 치료나 배탈 치료제로 쓰 였다.

의학적으로도 마누카 꿀은 위염의 원인으로 알려진 헬리코박터균이나 항생제로도 잘 치 료가 되지 않는 포도상구균을 억제시키는 효능이 있으며, 여드름과 피부염 등에도 효과가 있다. 위궤양이나 속쓰림 증상이 있는 경우, 아침 공복에 마누카 꿀차 한 잔을 마시면 증상 이 완화된다. 항균 효능이 뛰어나니 아이들 상처에 소독용으로 발라도 좋고, 겨울철 입술 이 텄을 때 발라주면 보습효과도 얻을 수 있다.

08
:

예술의 도시에
흠뻑 빠지다,

빈 & 프라하

The miraculous Healing journeys of Ian

새로운 소망 | Wien & Praha

세계에서
가장 살기 좋은 도시, 빈

오스트리아의 수도, 빈
Wien(영어로는 비엔나)은 세계에
서 가장 살기 좋은 도시
베스트 3에서 벗어난 적이 없다. 19세기에 세계적인 공황으로 유럽
대도시 인구가 줄어들었을 때도 이곳만은 유일하게 인구가 늘었을
정도다. 클래식을 좋아하는 사람들에게 이 도시는 성지나 다름없
다. 제국을 경험해본 나라는 그렇지 않은 나라에 비해 예술과 문화
그리고 철학의 수준이 월등히 높고, 그 가치를 어떤 것보다도 우위
에 둔다고 했던가.

살아남기 바빴던 개발도상국들은 상상도 못 해본 찬란한 예
술과 문화를 꽃피워온 유럽. 그중에서도 빈은 황제의 도시이며, 과
거 수백 년 동안 대제국의 수도였고, 유럽의 중앙에 위치한 지리적

이점 때문에 정치·경제·문화·교통의 중심지로 자리 잡았고, 세계적으로 이름난 많은 음악가들이 배출된 클래식의 도시다. "말은 제주로, 사람은 서울로 보내라"는 옛말이 있듯이 고전음악 시대에 유럽에서는 음악가가 성공하려면 빈으로 가야 한다고 생각했었으니, 클래식 음악의 성지라는 별명은 빈에게 딱 어울린다. 모차르트, 베토벤, 슈베르트, 하이든…의 흔적을 찾아보기 위해서라도 이곳에 꼭 한 번 가봐야겠다고 생각해왔다.

일요일 아침,
천사들의 합창으로 시작한 첫날

빈에서의 첫날은 성 슈테판 대성당Stephansdom의 아침 미사에 참석해 빈소년합창단이 부르는 성가를 들으며 시작되었다. 빈소년합창단은 1498년 성 슈테판 대성당의 어린이 합창단으로 창단된 이후 빈소년합창단으로 이름을 바꾸어 지금까지 매주 일요 미사에 참여해오고 있다. 슈베르트가 어린 시절 보이 소프라노로 참여했었고, 하이든도 17살까지 이곳에서 노래를 불렀다. 베토벤이 반주자로 활동했으며, 모차르트는 매일 아침 미사 시간에 이 합창단을 지휘했다.

일요 미사에는 빈소년합창단뿐 아니라 빈국립가극장 관현악단의 선발 단원과 솔리스트들까지 참석하기 때문에 이 미사는 퀄리티 높은 한 시간짜리 공연이라고 봐도 된다. 빈소년합창단을 보러 일요 미사에 참가한 관광객들 틈에 끼여 입장 차례를 기다렸다. 관광객들

미사가 끝난 후 중창으로 인사하는 빈소년합창단

이 얼마나 많은지 대성당 마당까지 긴 줄이 생겼는데, 나는 미사 시작 전에 안내를 받아 예배당 2층에 자리를 잡았다. 순서에 따라 미사를 드리는 중 드디어 빈소년합창단의 청아한 소리가 울려 퍼지기 시작했다. 예배당 2층 뒤쪽 성가대석에서 흘러나오는 그들의 순수하고 맑은 노랫소리가 작은 예배당을 가득 채웠다. 잠시 눈을 감았다. 천사들의 목소리가 아마도 이럴 것이다. 미래의 슈베르트, 하이든이 지금 이 소년들 속에 있을 것이다.

빈이 사랑한 천재, 모차르트

모차르트가 죽은 지 220여 년이 지났건만, 빈 시내 곳곳엔 모차르트의 흔적이 여전히 남아 있었다. 모차르트 가발과 옷을 착용한 채 그의 곡을 연주하며 관광객들을 끌어 모으는 호객꾼들이 넘쳐났다. 모차르트 곡을 공연하고 있다며 홍보하는 안내원들도 많았다. 대성당 뒤에 있는 모차르트 하우스Mozarthaus는 모차르트가 결혼한 후 두 아들과 함께 행복한 시절을 보내면서 오페라 〈피가로의 결혼〉을 작곡한 곳으로, 그가 이곳에 머문 3년의 기간에 비하면 이 집은 정말 오랫동안 빈의 유명지가 되어왔다. 모차르트의 짧은 수명과 그의 유명세를 생각한다면 3년 거주한 집은 정말 귀중한 유산이긴 하다.

빈 거리의 가게마다 모차르트 쿠겔Mozartkugel(모차르트 초콜릿)이 잔뜩 쌓여 있고, 부르크 공원Burggarten 안에는 높은음자리표로 모양을 낸 꽃밭에 꾸며놓은 모차르트 동상까지 있어, 관광객들의 포토 존 역할을 해준다. 빈 시내에 서 있기만 해도 모차르트의 음률이 절로 흥얼거려질 것만 같았다. 쇤브룬 궁전Schloss Schonbrunn에 걸려 있는 여황제 마리아 테레지아 앞에서 연주하는 모차르트 그림을 보면서 일화 하나가 떠올라 살포시 미소를 지었다. 당시 6살의 음악신동 모차르트가 이 궁전의 '거울의 방'에서 피아노 연주를 한 후 테레지아의 무릎에 앉아 막내딸 마리 앙투아네트에게 청혼을 했다는 이야기, 여황제는 뭐라 답변했을까?

황금색 에로티시즘, 클림트 그리고
생태건축가 훈데르트바서의 도시

빈 곳곳에서 구스타프 클림트Gustav Klimt의 작품들을 볼 수 있는데, 그만큼 빈이 클림트를 사랑하는 증거가 아닐까? 벨베데레 궁전Schloss Belvedere에서는 〈키스Kiss〉와 〈유디트Judith〉를, 제체시온Sezession 지하에서는 프레스코 벽화 〈베토벤 프리즈Beethoven Frieze〉를, 미술사박물관Wien Museum of Art History에서는 '장식화'를, 그리고 알베르티나 미술관Albertina에서는 '드로잉' 같은 그의 작품들을 만날 수 있다.

특히 벨베데레 상궁Oberes Belvedere의 '클림트실'은 어두운 조명 아래에 걸린 벽면 높이의 〈키스〉를 보려 몰려든 사람들로 인산인해를 이루고 있었는데, 이 그림의 세계적인 인기를 짐작할 수가 있었다. 관능적인 여성의 이미지, 찬란한 황금빛, 그리고 화려한 색채들은 원본에서 더 강렬히 빛났다. 또한 클림트의 영원한 연인이자 뮤즈였던 에밀리 플뢰게Emilie Floge의 모습을 그의 작품 곳곳에서 만날 수 있었다. 마치 사랑에 취해 있는 듯한 그림 속 여인의 모습이 어찌나 아름다운지, 그림을 그리는 사람도 분명 사랑에 취해 있었던 게 틀림없으리라 생각되었다.

알베르티나 미술관은 사랑에 취한 클림트를 상상하게 만들 뿐 아니라, 파리에서 빈을 경유해 부다페스트 사이를 왕복하는 유럽 횡단열차 '모차르트' 호에서 우연히 만난 남녀가 빈 역에서 내려 꼬박 하루 동안 사랑하고 헤어지는 영화 〈비포 선라이즈Before Sunrise〉의 모든 장면을 생각나게도 만든다. 함께 밤을 지새운 두 사람이 이별의 순간인 새벽을 맞았던 아름다운 곳이 바로 알베르티나 미술관이기 때문이다.

화가이자 건축가 그리고 생태환경운동가인 프리덴슈라이히 훈데르트바서Friedensreich Hundertwasser가 지은 쿤스트하우스 빈Kunsthaus Wien 앞에 섰을 때는 원색의 선명한 타일 벽 색깔, 소용돌이 모양과 곡선을 이용한 건물의 외관, 그리고 벽을 타고 올라가는 담쟁이들, 이상한 모양의 창틀을 보고 "정말 이 남자 괴짜다" 싶었다. 내부는 더 놀라웠다. 구불구불한 로비 바닥과 계단, 벽에 붙인 그의 그림 작품 등, 모든 것이 직선과는 거리가 멀었다. 이 건물 말고도 훈데르트바서 하우스Hundertwasser Haus, 빈 열병합발전소 등 그가 건축한 건물들은 대개 이렇게 둥글둥글, 그리고 자연과 하나가 되는 공간이 된단다.

공공주택, 쓰레기 소각장 등을 유명 건축가가 이렇게 멋진 생태공간으로 지어놓도록 하다니, 역시 예술을 사랑하는 빈답다. 사는 공간이 둥글둥글하면 그 안에 사는 사람들의 마음도 둥글둥글해질 것 같다. 환경이 마음을 좌우하는 법이니까.

베토벤의 흔적,
하일리겐슈타트와 그린칭

베토벤은 평생 동안 80회 이상이나 집을 옮겼다고 하는데, 빈에서 트램(노면전차)을 타고 20~30분 정도밖에 걸리지 않는 하일리겐슈타트 Heiligenstadt에는 그가 살았던 집이 세 군데나 있다. 하일리겐슈타트의 가로수길을 걸어보니, 무엇이 그로 하여금 〈합창〉과 〈전원〉을 작곡하게 만들었는지 알 것만 같았다. 누구라도 시냇물이 흐르고 숲이 많은 이 아름다운 작은 마을에 머무른다면 음악적 감성이 솟구쳐서 동요 한 소절이라도 만들었을 테니 말이다.

하일리겐슈타트의 베토벤의 집에는 그가 쓴 유서가 유리상자 안에 담겨 있다. 당시 그는 귀가 멀어 소리를 들을 수 없었기에 후원자들에게서 받는 생활비로 겨우 연명하고 있을 때였다. 유서를 쓸 당시의 생활이 얼마나 힘들었을지 짐작이 되고도 남았다.

"모든 불행한 사람들이여! 당신과 같은 한낱 불행한 사람이 자연의 갖은 장애에도 불구하고, 우수한 사람들과 예술가의 대열에 참여하고자 전력을 다했다는 것을 알고 위로를 받으라."

이렇게 유서부터 써놓은 후에 불후의 명작인 아홉 곡의 교향

1 베토벤 마을, 그린칭의 저녁 모습
2 하일리겐슈타트의 어느 집 현관문

곡을 작곡했으니, 얼마나 그 심정이 절박했을까?

하일리겐슈타트 옆에 있는 그린칭Grinzing의 호이리게Heurige(낡은 농가를 개조해서 만든 선술집)에서 그 고장의 와인을 마실 수 있었다. 그중 한 군데를 골라 들어가 와인을 마셨는데, 바이올린과 아코디언 연주자들이 흥겨운 민요와 왈츠, 오페레타 곡들을 연주해주었다. 와인을 무척이나 사랑했던 베토벤이 이 마을을 마음에 들어 했던 이유를 알 것 같았다. 베토벤도 아마 이 자유롭고 즐거운 아름다운 마을에서 위안을 얻지 않았을까?

클래식을 사랑하는,
영원한 중세 도시

저녁시간, 베르디의 오페라 〈돈 카를로Don Carlo〉를 감상하기 위해 세계 3대 오페라하우스 중 하나인 빈 국립오페라하우스Wien Staatsoper를 찾았다. 저녁 공연이 있는 날이라 오페라하우스 외부의 화려한 등이 모두 켜져서 아름다운 건물이 더욱 빛났다. 이렇게 아름다운 건물을 지어놓고도 혹평을 견디지 못하고 설계자가 자살을 했다니(완공 당시 많은 빈 시민들이 건물 외관을 보고 결함 있다고 혹평을 했다), 믿기 힘든 일이다.

미리 예매한 티켓을 찾아 오페라하우스 안으로 들어가니, 로비 천정의 샹들리에가 눈에 들어왔다. 아름답고 인상적인 샹들리에가 빛나는 로비에는 근사하게 잘 차려입은 남녀들로 가득했다. 정면 2층으로 향하는 널따란 계단을 오르면서 한동안 이곳에서 총감독을

했다는 구스타프 말러, 리하르트 슈트라우스, 폰 카라얀의 시대를 머릿속으로 그려보았다.

다음 날 저녁은 오페레타 전문공연장, 빈 폴크스오퍼Volksoper Wien(빈 국민오페라극장)에서 〈낙소스 섬의 아리아드네Ariadne auf Naxos〉(리하르트 슈트라우스가 작곡한 1막 오페라)를 감상했다. 이곳 관객석에는 정장을 차려입은 노부부들이 많이 보였다. 빈자리 하나 없이 꽉 찬 관객석의 분위기는 품격과 여유 그 자체였다. 빈 시민들에게 오페라는 쉽게 접할 수 있는 즐거운 퍼포먼스인 것 같았다. 대중과 함께하는 클래식이 정말 부러웠다.

독특한 카페들,
그리고 카페 문화

빈의 전통 카페는 하루 종일 앉아 있어도 쫓겨나기는커녕 눈치 주는 사람도 없다. 느긋한 여유가 배어나는 그곳에는 연미복 차림의 매니저들과 서스펜더 차림의 웨이터들이 정중히 주문을 받고 커피와 케이크를 서빙해준다.

빈의 카페 역사는 1685년으로 거슬러 올라간다. 17세기 말 유럽의 베네치아, 런던 같은 도시에서 처음 생겨난 카페는 이곳 빈에도 전해졌고, 당시 황제의 인가를 받아 최초의 카페가 문을 열었다. 그때 이후로 그 독특한 카페 문화가 이어져 내려오고 있는데, 19세기 생활문화 가운데 아직까지도 남아 있는 것들 중 하나다.

빈의 전통 카페는 그 오래된 역사에 걸맞게 건물도 아주 고풍스럽다. 일반적으로 아주 오래되고 천장이 높은 건물에 위치해 있고, 카페 탁자는 푸른 대리석 그리고 의자 바닥은 둥근 나무로 만들어져 있다. 카페는 수많은 예술가와 문인들도 배출했으니, 그야말로 역사적 소임도 다한 장소다. 수많은 시인, 음악가, 화가 들은 물론이고, 스탈린과 히틀러도 자주 들러서 시간을 보내곤 했던 빈의 카페는 지금도 수많은 곳이 예전 그대의 모습을 간직한 채 손님들을 맞이하고 있다. 여행가이드북에 빈의 카페 지도가 따로 들어 있을 정도로 빈의 카페는 유명하다. 한마디로 빈의 카페는 곧 빈 시민들의 생활이요, 역사인 셈이다.

오페라하우스 바로 뒤에 위치한 자허호텔 1층의 자허카페Sacher Cafe도 그중 하나다. 이곳 파티세리가 수상의 디저트로 개발한 세계 최초의 조각 케이크 '자허토르테Sacher Torte(초코 케이크)'는 이곳 커피와 함께 아직도 유명세를 타고 있다. 빈 시민들만큼 역사적으로 커피를 사랑했던, 그리고 사랑하는 사람들이 또 있을까 싶다〔내가 평소 즐기는 일리 (Illy) 커피도 이탈리아 커피 브랜드지만, 개발자는 오스트리아의 군인이다!〕.

빈 카페의 커피와 조각 케이크, 그리고 카페 문화에는 스타벅스의 머그잔 커피는 감히 흉내 낼 수 없는 역사와 품격이 함께 담겨 있다. 명화를 감상하면서 느끼는 격렬한 감동을 마무리할 수 있는 '미술사박물관 카페Cafe Kunsthistorisches Museum'는 또 얼마나 아름다운지, 형언하기 어려울 정도다. 전통 있는 카페 '게르스트너Cafe Gerstner'에서 만들어 과거 황실에 납품했다는 커피와 케이크를 이곳에서

맛볼 수 있는데, 화려하고 둥근 천장 아래 앉아 검은색 대리석 기둥과 아치형의 벽을 느긋하게 감상하면서 시간을 보낼 수 있다.

파리만큼 화려하진 않지만, 기품과 격조가 느껴지는 도시

빈 어디를 가도 음악이 있다. 거리에서도, 레스토랑과 커피숍에서도 그곳을 거쳐 간 수많은 음악가들의 음악을 들을 수 있다. 위대한 음악가들과 동시대에 살지 않았더라도 충분히 그들을 느낄 수 있는 문화가 생활 깊숙이 뿌리 내려 있다. 생활 속에 녹아 있는 문화코드는 어느 날 갑자기 생겨나는 것이 아니라 어린 시절 부모로부터 자연스럽게 물려받는 것이다.

빈의 옛 시가지의 중심을 타고 도는 4.5킬로미터 길이의 순환도로 주변에는 오페라하우스를 비롯해서 수많은 박물관과 미술관이 줄지어 서 있다. 빈 시민들은 언제든지 이곳들을 이용할 수 있고, 생활 속에서 예술을 누리며 살아간다. 빈 시민들의 기품과 격조 있는 문화의식은 그들의 조상이 만들어놓은 소중한 무형, 유형의 유산 덕분이다. 그러나 조상이 물려준 값진 유산을 잘 보존하고 기꺼이 즐기려는 후손들의 노력이 없었다면, 지금의 빈은 존재할 수 없었을 것이다. 아무리 유럽을 오래 다스렸던 합스부르크 왕가였다 해도 그 흔적을 남기기 어려웠을 것이다.

1300년 된 예배당에서 연주되는
비발디의 〈사계〉

빈에서 기차를 타고 4시
간 만에 도착한 체코 프
라하Praha. 전쟁의 숱한 소
용돌이 속에서도 흐트러짐 없이 건재한 천년의 고도답게 유럽 중세
건축물들의 다양한 아름다움을 한곳에서 볼 수 있는 중후한 구시
가는 여행자에게 만족감을 준다. 프라하에서도 역시나 시내 곳곳에
서 음악을 연주하는 이들을 만날 수 있었다. 중세 복장을 한 채 스
메타나, 야나체크, 드보르작이 작곡한 음악들을 연주하며 저녁 연
주회를 홍보하러 나온 호객꾼들이었다. 체코의 민족적 정체성을 굳
건하게 해주었던 이들이 바로 체코의 음악가들이었기에, 체코인들
의 민족음악가에 대한 사랑은 어찌 보면 당연한 것이다.

해질녘에 카를교Charles Bridge를 건너 프라하 성으로 들어갔다. 성
안에 있는 세인트 조지 교회St. George's Basilica('성 이르지 바실리카'라고도 한다. 920년경
에 지어졌으니, 역사가 무려 1300년이나 된 건축물이다)에서 열리는 프라하 로열 오케스
트라의 연주회에 참석하기 위해서였다. 마침 비가 추적추적 내리고
있어서 관람객들이 많지는 않았다. 은은한 촛불 조명 아래의, 길고
좁은 예배당에서 듣는 비발디의 〈사계The Four Seasons〉 전곡은 정말이
지 소름끼치게 감동적이었다.

연주회가 끝난 뒤 우산을 받쳐 들고 '황금소로Golden Lane'를 지
나갔다. 그때 카프카가 살았다는 '22번지 푸른색 집'을 지나 프라하
시내로 되돌아왔는데, 아주 근사한 프라하에서의 첫날 저녁이었다.

모차르트도 프라하를 무척 사랑했었다. 에스타테스 극장Estates

Theatre(다른 이름은 '스타보브스케 극장')에서 모차르트는 〈돈 조반니Don Giovanni〉를 초연했는데, 그런 인연으로 이 극장에서는 모차르트의 오페라 아리아 곡들만 연주하는 프로그램이 늘 연주된다.

극장도 구경할 겸, 연주도 들을 겸, 연주회 시간에 맞춰 저녁에 들러보니 두 명의 성악가와 연주자들이 모차르트가 작곡한 아리아들을 들려주고 있었다. 모차르트는 빈에서뿐만 아니라 프라하에서도 후세들을 먹여 살리는 음악 영웅임이 분명했다.

아르누보의 거장,
알폰스 무하를 만나다

사실, 프라하는 관능미 넘치는 독특한 화풍의 체코 화가, 알폰스 무하 Alphonse Mucha의 작품들을 볼 수 있는 무하미술관Mucha Museum을 방문하기 위해 들렀다. 무하미술관에서는 파리에서 그가 그린 포스터들과, 귀국해서 그린 민족적인 색채의 그림들을 볼 수 있었다. 포스터 안에 그려진 여인들의 옷깃과 표정에서 하늘하늘한 무하의 섬세한 붓 터치가 보였다.

프라하 성 안에 있는, 10세기에 짓기 시작해서 21세기 초반에 비로소 완성되었다는 성 비투스 대성당St. Vitus Cathedral은 엄청나게 높은 천장과 아치형의 창문이 워낙 웅장한데, 이 대성당 안에도 무하의 작품이 있다. 바로 대성당의 창문을 장식한 스테인드글라스 작품이다. 직접 보니 지금껏 봐왔던 다른 성당의 스테인드글라스와

는 기법이 확연히 달랐다. 모자이크가 아니라 한 폭의 그림처럼 느껴졌다. 체코국립미술관에는 무하의 작품은 물론이고 클림트, 실레, 피카소, 모네, 르느와르의 작품들이 많이 전시되어 있다.

쓸쓸하면서도 진한
체코 전통 맥주

맥주에 대한 체코인들의 자부심은 전 세계에서 1인당 맥주 소비량이 가장 많은 나라인 것만 봐도 알 수 있다. 프라하 시내 뒷골목의 선술집에 가면 하얀 거품이 철철 넘치는 맥주잔을 앞에 놓고 시간을 잊은 채 담소를 나누는 체코인들의 모습을 어렵지 않게 볼 수 있는데, 저녁마다 유명한 비어홀을 순례하는 것도 프라하에서 누리는 즐거움 중 하나다.

맥주 양조장을 갖추고 직접 주조한 맥주를 파는 곳은 역시나 인기가 좋아서 현지인들과 관광객들로 내부가 가득 차 있었다. 특히 세계적으로 유명한 황금빛 라거의 원조, 플젠Plzen산 '필스너 우르켈Pilsner Urquell'이 단연 인기 최고였다. 체코 보헤미아 지방에 위치한 플젠은 물이 좋은 데다가 질 좋은 호프까지 많이 생산되어 맛있는 맥주를 만들기에 더없이 좋은 조건을 갖추었는데, '필스너'라는 말 자체가 '플젠에서 만들었다'는 의미라고 한다.

카를교 근처의 후소바Husova 골목 안에 있는 '우 즐라테호 티그라U Zlateho Tygra(체코어로 '황금 호랑이'라는 뜻)' 역시 관광객과 현지인 단골들이 뒤

섞여서 저녁시간은 금세 테이블이 꽉 찬다. 허름해 보이지만, 1994년 바츨라프 하벨 대통령이 체코를 방문한 빌 클린턴 미국 대통령을 데려왔을 만큼 프라하 펍Pub의 '원조'로 유명한 곳이다.

프라하를 여행하면서 알았는데, 미국산 버드와이저의 원조가 체코의 '부드바이저 부드바Budweiser Budvar'라고 한다. 체코에서 부드바이저 부드바를 마신 미국인이 고국으로 돌아가 만든 맥주가 바로 버드와이저란다.

프라하의 밤은
재즈와 함께

프라하의 재즈는 독특한 역사성을 지니고 있다. 사회주의 시절, 자유가 많이 제한된 상황에서 재즈는 체코인들에게 자유에 대한 해방구 역할을 했기 때문이다. 매년 11월에는 '프라하 국제 재즈 페스티벌'이 열리기도 한다니, 늦가을에 프라하를 다시 찾을 이유가 또 하나 생겼다. 빌 클린턴 미국 대통령이 프라하를 방문했을 때 즉석 색소폰 연주를 펼친 것으로 유명해진 재즈 라이브클럽 '레듀타Reduta'는 체코국립극장 근처에 있어서 찾기도 쉽다.

흥겨운 재즈 연주를 듣고 다시 거리로 나오면, 덤으로 강물에 비친 프라하 성과 카를교의 야경을 감상할 수 있다. 프라하를 가로지르는 블타바Vltava 강(독일에서는 '몰다우 강'이라고 부른다)을 따라 재즈 연주를 들으며 야경을 감상하는 재즈보트 디너크루즈에는 현지인보다 야

프라하의 야경

경을 보면서 재즈를 들으려는 관광객이 더 많다. 프라하는 클래식과 재즈 그리고 예술과 건축의 아름다움을 한꺼번에 선사해준, 귀한 선물 같은 도시다.

깊은 상실감에서 벗어나는 길

전형적인 워커홀릭, Y전무는 어느 날 갑자기 회사 사정으로 명예퇴직을 하게 된 뒤 운동 부족, 만성 피로, 신경성 고혈압, 내장형 비만 등에 시달렸다. 무엇보다 가정에서 아버지와 남편으로서 설 자리가 없다는 자괴감과 깊은 상실감으로 힘들어했는데, 결국 나의 진료실을 찾아왔다.

Y전무에게 당장 필요한 조치는 익숙한 환경을 떠나 자신과 주변을 되돌아보는 조용한 시간을 갖는 것. 아마 빈이나 프라하 여행이 좋지 않을까? 분명 여행 후에는 인생 후반전을 바로 세울 새로운 소망을 품고 돌아올 수 있을 것이다. 그가 너무 늦지 않게 떠나기를 기원해본다.

"혼자 떠나는 여행은 인생의 새로운 소망을 품을 수 있는, 귀한 여정이 될 것이다!"

| 예술을 통해 뇌 피로를 푸는 법 |

컴퓨터와 스마트폰 사용, 그리고 시간의 제한과 경쟁 등으로 피로해진 현대인들의 두뇌는 쉴 여유가 없다. 이렇게 살면서 쌓인 스트레스는 뇌 피로를 유발시키는데, 이러한 피로가 풀리지 않고 계속되면 면역력이 떨어질 뿐 아니라 자율신경의 밸런스까지 무너진다.

온갖 스트레스에 지친 사람들은 뇌 피로를 풀어줄 방법이 필요하다. 이때 가장 좋은 방법은 문화예술과 스포츠를 통해 억압된 심리를 표출시키고 달래는 것이다. 물론 직접 그림을 그리고, 악기를 연주하고, 노래를 부르고, 스포츠를 하는 것이 효과가 더 좋지만, 그림을 보러가고, 연주회에 참석하고, 음악을 듣는 시간을 갖는 것도 정신건강에 도움이 된다. 빈, 프라하 같은 여행지에서 예술가의 자취를 따라가 보는 것도 한 가지 방법이다.

시내와 프라하성을 연결하는 카렐교 위의 악사들

📝 이안의 여행 수첩

| 여행 일정 |

첫째 날 : 인천 → 빈
둘째 날 : 빈 / 성 슈테판 대성당과 벨베레데 궁전, 쿤스트하우스
셋째 날 : 빈 / 미술사 박물관, 하일리겐슈타트와 그린칭
넷째 날 : 빈 / 오페라하우스, 오페라하우스 박물관과 자허카페
다섯째 날 : 빈 / 쇤부른 궁전과 빈 교외 그리고 빈 폴크스오퍼
여섯째 날 : 빈 → 프라하
일곱째 날 : 프라하 구시가
여덟째 날 : 프라하 시내
아홉째 날 : 프라하 → 인천

| 비행기편 |

대한항공이 인천-빈 노선, 프라하-인천 노선을 직항 운항한다.

| 오페라, 발레 공연 티켓 온라인 구매 |

· 빈 국립오페라극장 : www.wiener-staatsoper.at(영어 있음)
· 빈 폴크스오퍼(오페레타 전문 극장) : www.volksoper.at

| 여행 전에 보고 가면 좋을 공연 DVD |

· 더 필하모닉스The Philharmonics의 〈빈 카페음악회 - 신 빈악파가 편곡한 슈트라우스의 왈
츠들〉 : 빈 필하모니커의 단원들로 구성된 챔버 앙상블인 '더 필하모닉스'가 1880년에 개
점했었던 빈 도심의 유서 깊은 명소인 '카페 슈페를Cafe Sperl '에서 연주한 영상물로, 빈의
카페 분위기와 요한 슈트라우스의 왈츠 선율을 함께 보고 들을 수 있는 참신한 작품이다
(아담한 카페 규모와 챔버 연주에 맞게 편곡한 작품들을 감상할 수 있다).

| 여행 전에 보고 가면 좋을 영화 |

· 비포 선라이즈(리처드 링클레이터 감독 / 1995) : 미국인 청년 제시와 프랑스 여대생 셀린느가 유럽 기차 여행길에서 우연히 만나 함께 하루 동안 빈을 여행하는 이야기. 둘 모두에게 낯설고 이국적인 도시, 빈 거리를 밤새 돌아다니며 인생과 죽음 등 진지한 주제로 대화를 나눈다.

| 빈의 추천 레스토랑 |

· 김 코흐트Kim Kocht : 빈 폴크스오퍼 근처에는 빈 시민들의 입맛을 사로잡은 한국인 김소희 셰프가 운영하는 식당이 있다. 단, 예약은 필수. www.kimkocht.at

| 프라하의 재즈클럽 |

· 운겔트Ungelt : 프라하의 대표적인 재즈클럽. 프라하 구시가지의 틴 성당 뒤 스와로브스키 왼쪽에 위치. 밤 9시부터 자정까지 라이브 연주. www.jazzungelt.cz
· 레뒤타Reduta : 테스코Tesco 옆 건물, 국립극장 근처. 루브르 카페Cafe Louvre 지하(맞은편 KFC)에 위치. www.redutajazzclub.cz
· 우 스타레 파니 재즈클럽U Stareé Paní Jazz Club : 프라하 최고의 재즈클럽. 지하철 A·B선 무스테크Můstek 역 근처의 우 스타레 파니 호텔U Staré Paní Hotel 안에 위치. www.jazzstarapani.cz
· 재즈보트 디너크루즈 : 재즈 연주를 들으면서 블타바 강 주변의 야경을 감상할 수 있는 재즈보트 디너크루즈는 예약 필수. www.jazzboat.cz

09
:

브르타뉴 시골 마을과
루아르 고성,

프랑스

마음 들여다보기 | Bretagne & Loire, France

브르타뉴에서 온
초대

브르타뉴Bretagne에는 프랑스 친구 밀랭Milin 부부가 산다. 밀랭 씨가 주한 프랑스대사관에서 영사로 근무하던 시절, 그의 부인의 오래된 병을 잘 치료해준 인연으로 한국을 떠날 때까지 수년 동안 각별한 친분을 쌓았었다. 은퇴 후 밀랭 부부는 고향 브르타뉴의 시골 마을에서 노년을 보내는 중인데, 함께 살던 딸마저 미국으로 공부하러 떠나고 시골집에는 부부만 살고 있다고 한다.

밀랭 부부의 초대를 받고서 나는 브르타뉴에 가보기로 결심했다. 마침 개인적인 일도 모두 끝낸 뒤라 홀가분한 마음으로 떠날 수 있었다. 먼저 비행기 티켓을 구입한 후, 브르타뉴와 그 일대에 대해 알아보았다. 다양한 책들과 정보를 접하면서 점점 더 이 개성 강한 지역에 끌리기 시작했고, 브르타뉴 여행을 결심한 것을 참 잘했다 싶었다.

우왕좌왕, 출발 39시간 만에
파리 도착

출발하는 날, 파리로의 여정은 험난했다. 자정이 가까운 시각에 인천국제공항을 출발한 아랍에미레이트 항공기, 나는 출발 후 곧바로 잠이 들었다가 기내방송 소리에 잠을 깼다. "인천공항에 곧 도착할 예정이오니 안전벨트를 착용해주세요." 시계를 보니 새벽 5시, 두어 시간만 더 가면 중간 기착지인 두바이에 도착할 텐데, 인천공항이라니! 잘못 들었나 싶어서 항공승무원에게 확인을 했다. 기체에 결함이 발견되어 회항하게 되었고, 곧 인천공항에 착륙 예정이란다.

아, 첫날 묵기로 한 렌Rennes의 숙소에 전화를 걸어 숙박 예약을 취소하는 일이 여행 시작 후 첫 번째 할 일이라니…, 이런 낭패가 있나. 여행 중에는 계획대로 안 되는 일이 다반사지만, 이번엔 제대로 터졌다. 결국 항공사에서 제공해주는 인천공항 근처 호텔에서 다음 날 같은 시간까지 24시간을 대기하는 것으로 여행이 시작되었다.

호텔에서 대기하는 24시간 동안 렌의 호텔에 전화를 걸어 첫날 숙박 예약을 취소했고, 브르타뉴의 시골 마을 플루하Plouha에서 "파리에 무사히 도착했어요"라는 한국 친구의 전화를 기다리고 있을 밀랭 부부에게 이 사실을 알렸다. 그런 다음 하루 줄어든 여행 일정을 전체적으로 수정했다. 비행기 탑승 전에 미리 맡겼던 수하물은 돌려받질 못하고, 기내에 들고 탔던 손가방 하나만 달랑 있는 상태여서 모든 것이 불편했다. 그나마 비상용으로 수첩에 따로 적어놓은 여행지 연락처가 있어서 급한 일들은 해결할 수 있었다. 24시간 후, 드디어 진짜 출발. 파리야, 기다려라~.

다정한 브르타뉴 사람들

파리 몽파르나스Monparnasse 역에서 TGV를 타고 렌을 지나 생브리외St. Brieuc에 도착하니, 밀랭 부부가 기차역에 마중 나와 있었다. 못 본 지 5년이나 되었지만, 해마다 연하장과 손편지로 안부를 전해오던 사이인지라 어제 본 듯 정겨웠다. 우리는 밀랭 부부의 보금자리가 있는 플루하로 향했다. 부부의 집은 넓은 정원 한쪽에 자리 잡은 이층집, 이곳이 브르타뉴 여행의 베이스캠프인 셈이다. 나는 짐을 내려놓고 본격적인 여행에 나섰다.

플루하에서의 첫 번째 방문지는 차로 10분 거리인 옆 동네의 밀랭 씨 부모님 댁. 담장이 낮아서 안이 훤히 들여다보였는데, 예쁜 꽃들과 나무를 심어놓은 작은 정원이 있는 전형적인 브르타뉴식 단독주택이었다. 그곳에서는 밀랭 부부의 친척들과 이웃들이 모여 서울서 왔다는 손님을 기다리며 다과를 나누는 중이었다.

나는 볼을 맞대는 프랑스식 인사, '비주Bisou'를 모든 사람들과 나눈 후에야 자리를 청했다. 만나거나 헤어질 때마다 가볍게 안고 볼을 마주치며 입으로만 '쪽' 소리를 내는 이 프랑스식 인사는 처음 만나는 사람과도 금방 친해질 수 있게 만드는 것 같다. 가슴을 열어 상대를 받아들이고 볼을 마주치며 가벼운 스킨십을 나눌 때 마음이 가까워짐을 느낀다. 한국에서는 아주 친한 친구는 물론이고, 가족 간에도 가벼운 포옹을 할 기회가 별로 없지 않은가.

밀랭 씨의 부모님이 멀리서 온 손님을 위해 내놓은 샴페인, 와인, 코냑, 시드르Cidre[프랑스 노르망디(Normandie) 지역이 원산지로, 사과즙을 원료로 한 발효주] 등으로 탁자가 금세 가득 찼다. 부엌에서는 어머님이 크레페Crepe를 만들고 계셨는데, 나도 옆에서 거들겠다고 하니 흔쾌히 허락하셨다. 브르타뉴 전통음식을 직접 만들어볼 수 있는 기회였다. 어머님은 메밀가루에 우유, 버터, 설탕, 향료를 섞어서 반죽을 만든 뒤 팬에 이 반죽을 붓고 아주 얇게 부치셨다. 내가 "왜 밀가루를 안 쓰고 메밀가루를 써나요?"라고 묻자, 밀을 구하기 힘들었던 시절 브르타뉴 지방에서는 메밀가루로 크레페를 만들었다고 하신다. 그래서 지금도 브르타뉴에서는 메밀로 만든 크레페를 맛볼 수 있다. 얇게 부친 크레페 위에 치즈와 햄, 달걀을 얹고 동그라미의 네 쪽 귀를 안으로 접어 넣는 것으로 요리가 완성되었다.

크레페를 시식하는 시간, 부모님은 크레페는 시드르와 함께 먹어야 맛있다면서 시드르를 권하셨다. 브르타뉴는 프랑스에서도 유명한 사과 산지여서 포도주보다 시드르를 더 많이 마신다. 시드르 없이 식사하는 사람을 상상할 수 없는 곳이 바로 브르타뉴다. 그러니 브르타뉴의 음식, 크레페는 이곳의 술, 시드르와 함께 먹는 것이 맞다. 밀랭 씨의 부모님은 영어를 못 하시기 때문에 대화하기가 쉽진 않았지만, 따뜻하게 맞아주시고 맛난 것을 챙겨 먹이시려고 애를 쓰신다. 한국의 넉넉한 시골 인심 같았다.

고유의 언어와 전통을 지켜온 브르타뉴 사람들

밀랭 씨의 부모님과 친척들이 주고받는 말 속에서 프랑스어가 아닌 다른 언어가 들렸다. 브르타뉴어Brezhoneg(브르통어)였다. 역사적으로 프랑스에 속하지 않았던 옛날, 브르타뉴 공국일 때 사용하던 언어를 잘 계승해서 아직도 사용하고 있단다. 프랑스어와는 완전히 다른 언어여서, 다른 지역의 프랑스인들은 알아듣지 못할 것 같았다. 한국으로 치면 제주 방언이라고 생각하면 될 듯싶었다. 억양이나 단어, 문장 등이 모두 달라 서울 사람에게는 마치 외국어처럼 들리는 것처럼 말이다. 브르타뉴 지방을 여행하다보면 프랑스어와 브르타뉴어가 함께 적힌 도로표지판을 보게 되는데, 프랑스 속에서도 자신들만의 언어와 문화와 전통을 유지하려는 브르타뉴 사람들의 마음이 느껴졌다.

밀랭 씨의 부인도 고향에 돌아와 브르타뉴 고유악기인 '비니우Biniou'를 배우기 시작했단다. 백파이프의 일종인 비니우는 스코틀랜드의 백파이프와 비슷하게 생겼다. 오늘날 브르타뉴 지방에 살고 있는 사람들이 켈트족과 로마인, 그리고 영국에서 이주해온 브르통들의 후손이기 때문에 전통악기 또한 그대로 영향을 받았다. 비니우 강습회는 일주일에 두 번, 비니우를 배우고 싶은 주민들을 대상으로 마을회관에서 열린단다. 밀랭 씨의 부인은 여름에 열리는 브르타뉴 고장 축제에서, 고향사람들이 만든 악단에 들어가 직접 연주하고 싶어서 정말 열심히 연습했단다. 밀랭 씨의 집 거실에는 악단 맨 앞줄에서 민속의상을 입고 비니우를 연주하면서 걸어가는 그녀의 사진이 걸려 있다. 그 뒤로 '봉바르드Bonbarde'라는 민속 피리, 켈트 하프, 북 등의 악기들이 따르고 있다.

브르타뉴,
고갱의 마음을 빼앗은 곳

밀랭 씨 부부와 몽생미셸 Mont Saint Michel에 다녀왔다.

사진으로 정말 많이 봤었던 몽생미셸, 실제로 가보니 그 포스가 대단했다. 바다 위에 마법의 성처럼 솟아 있는, 수도원의 신비한 분위기에 압도당했다. 화강암 바위 위에 세워진 그 독특한 장소도 그렇고, 꼭대기 성당까지 지어올린 건축 양식도 아름다웠다. 이른 아침인데도 인파가 몰려 진입로에 차를 세워두고 걸어가기로 했는데, 입구부터 줄을 서야 할 정도로 사람들이 많았다. 성 안에 들어가서는 좁은 골목과 상점들을 지나 꼭대기에 있는 성당까지 꽤 걷는데, 북적이는 바깥과는 대조적으로 성당 내부와 마당은 고요하고 숙연했다.

몽생미셸에서 돌아오는 길에 생말로St. Malo를 지나, 캉칼Cancale에서 점심을 먹기로 했다. '에메랄드 해안'이라고 불리는 이곳은 홍합과 굴 양식으로 유명한 작은 어촌 마을이다. 썰물로 해안 멀리까지 바닷물이 빠져나가면, 바둑판 모양으로 틀을 갖춘 양식장 바닥에 깔아놓은 석회 기와 위에 굴이 붙어 자라기 시작하고, 이렇게 9개월이 지나면 신선한 굴을 생산할 수 있다. 당연히 주메뉴는 홍합과 굴, 거기에 시드르와 화이트 와인을 곁들여 점심을 먹으면서 몽생미셸의 감동을 나누었다.

산업화로 점점 황폐해지는 도시를 벗어나 야생적이고 원시적인 자연을 갈망했던 고갱Paul Gauguin이 그림으로 표현하고 싶었던 것은 브르타뉴의 있는 그대로의 모습, 즉 순박하고 때 묻지 않은 사람들과 그들의 소박한 삶이었다. 고갱은 이곳 브르타뉴의 작은 마을 퐁타벤Pont Aven에 머물며 〈브르타뉴의 여인들〉, 〈황색의 그리스도〉 같은 수많은 브르타뉴 풍경 그림을 남겼다.

장밋빛 화강암석들이 이어져 독특한 풍광을 만들어내는 브르타뉴 해안은 누구라도 붓을 들고 그림을 그리고 싶게 만드는 아름다움을 가지고 있다. 그리고 무엇보다 매력적인 것은 브르타뉴의 씩씩한 여성들이다. 예부터 어업에 종사해온 이곳의 여건상 여성들이라도 바깥일을 할 수밖에 없었다. 정어리 공장 일부터 부둣가 잔업, 어망 수선, 파손된 배 수선, 도시로 생선 팔러 가기 등까지 거의 모든 일들을 여성들이 도맡아서 해왔기 때문인지 이곳에서 만나는 여성들은 나이가 많건 적건 무척 씩씩하고 활달했다. 레이스 머리

장식을 펄럭이며 세찬 바닷바람 속에 서 있는 브르타뉴 여성들의 이미지는 참으로 강렬했다. 해녀 일을 하며 가족들을 부양해온 제주 여성의 생활력을 이곳에서도 발견할 수 있었다.

산티아고 순례길의 시작점, 팽폴 그리고 명품소금 생산지, 게랑드

플루하 서쪽, '팽폴Paimpol' 마을에서 1202년에 세워진 '보포흐 수도원Abbaye Beauport'을 방문했다. 흐드러진 꽃들과 긴 세월의 흔적들을 볼 수 있는, 조용하고 아름다운 곳이었다. 이 수도원에서 스페인의 '산티아고 데 콤포스텔라Santiago de Compostela'까지 1,800킬로미터에 달하는 길이 바로 그 유명한 '산티아고 순례의 길'이다. 중세 때부터 예루살렘, 로마와 함께 삼대 성지로 일컬어졌던 길. 이 수도원에서 저 길을 따라 산티아고 데 콤포스텔라에 도착한 사람은 지금까지 과연 몇 명이나 될까? 순례길의 종착지인 산티아고 데 콤포스텔라는 시끌벅적한 반면, 시발지인 이곳은 꽤나 조용했다. 수도원 곳곳에 핀 수국이 아주 인상적이었는데, 프랑스에서 수국이 가장 아름다운 곳이라고 했다.

브르타뉴 남서쪽 바닷가로 내려가면 게랑드Guerande 염전을 만날 수 있다. 이곳은 세계 최고급 천일염, 플뢰르 드 셀Fleur de Sel의 생산지다. 정제염(순수 염화나트륨)은 짜고 쓰지만, 정제하지 않은 소금인 천일염은 철, 마그네슘, 칼륨 같은 무기질이 다양하게 함유돼 있어 끝맛이 달고 풍미도 훨씬 더 좋다.

1 팽폴의 보포흐 수도원
2 팽폴의 1300년 된 교회

이곳은 자연 염전 그대로 생태환경을 잘 보존하고 있었는데, 염전 모양이 다 제각각이었다. 한국의 네모반듯한 염전과는 사뭇 다른 모습이어서 눈길이 갔다.

천일염 생산지 중에서도 게랑드 소금이 특별히 더 유명한 이유는 간조의 차이가 많이 나는 천혜의 자연 염전 지대인 데다가 이곳에 부는 무역풍도 소금이 건조되는 데 한몫을 하고 있기 때문이다. 무엇보다 이곳을 자연 생태지역으로 잘 보존하고 있는 프랑스의 노력이 있었기에 그 명성이 유지되는 것은 아닐까? 세계에서도 알아주는 프랑스 요리에 이 정제하지 않은 잿빛 게랑드 소금을 사용하는 것을 자랑스럽게 알리는 이유를 알 것 같았다.

얼마 전 음식 관련 모 월간지로부터 신년 특집으로 건강을 위해 올해 꼭 바꿔야 할 식습관에 대한 칼럼을 써달라는 부탁을 받고서 "소금은 미네랄이 풍부한 진짜 소금, 천일염을 먹어라"는 내용의 글을 써서 보낸 적이 있다. 한국의 신안 갯벌에서 생산되는 천일염에 함유된 마그네슘, 칼륨 등의 미네랄 성분이 게랑드 소금의 약 2배에 달한다는 연구 결과가 나왔다는 뉴스도 언급하면서 말이다. 이렇게 귀한 천일염을 우리는 지금까지 식품이 아닌 광물로 취급해 왔다. 이 얼마나 부끄러운 일인가. 세계적인 보물이 이미 우리 손 안에 있었는데도 몰랐으니 말이다.

루아르 고성투어와 샤토 호텔,
그리고 루아르 와인

밀랭 씨 부부와 작별인
사를 나눈 뒤 기차에 올
랐다. 다음 목적지는 루
아르Loire 고성투어의 시작점인 투르Tours. 투르에서는 렌터카로 루아
르 강변 국도를 따라 블루아Blois 위쪽까지 돌아보기로 했다. 강변을
따라 나 있는 외길이어서 지도가 필요 없을 정도였다. 게다가 고성
근처에는 항상 관광객들이 눈에 띄어서 고성을 찾는 것도 쉬웠다.

프랑스에서 가장 긴 루아르 강을 끼고 있는 루아르 지방은 야
트막한 언덕과 아름다운 샛강, 그리고 세계문화유산인 수많은 고성
들과 루아르 와인 등으로 인해 가장 프랑스적인 경치를 볼 수 있는
곳이다. 중세 시대부터 루아르 강을 중심으로 계곡 사이에 왕족과
귀족들이 그들만의 영역을 위한 성을 쌓았기 때문에 아름다운 고
성들이 유난히 많다고 한다. 또 넓은 평야지대와 울창한 숲이 많아
역대 왕들은 파리에서 가까운 이곳으로 내려와 사냥을 즐기기도
했다는데, 아직 아름다운 숲과 고성들이 그대로 남아 있다.

그 덕에 루아르 지방에서는 앙리 2세가 총애하던 애인 '디안
드 푸아티에'를 위해 지어준 것을 왕이 죽고 난 뒤 왕비 '카트린 드
메디치'가 빼앗아 자기 취향대로 바꾼 여성적인 모습의 슈농소 성
Chateau de Chenonceau, 레오나르도 다빈치가 설계했다고 전해지는 남성다
운 매력의 샹보르 성Chateau de Chambord, 인류 최고의 천재 레오나르도
다빈치가 프랑수아 1세의 초청으로 샹보르 성을 설계하러 왔다가
죽어서 유해가 안치되어 있는 앙부아즈 성Chateau d'Amboise, 앙리 2세의

애인인 디안이 왕비에게서 쫓겨나와 머무른 쇼몽 성Chateau de Chaumont 까지, 중세의 프랑스를 잠시 여행하는 기분으로 느긋하게 둘러볼 수 있다.

나는 앙부아즈 성 근처에 위치한, 레오나르도 다빈치가 말년에 3년간 머물렀던 것을 기념하는 박물관인 '클로 뤼세관Manoir du Clos Lucé' 에서 이 위대한 천재가 직접 그린 스케치와 그림, 그리고 축소 모형 과 발명품을 둘러보면서 하루를 마무리했다. 하루가 금세 지나간 기분이었다.

샤토Chateau 호텔에서의 숙박은 이번 여행에서 가장 기대가 되는 테마였다. 여행 전에 여러 자료를 통해 알아본 후 예약해놓은 호텔 은 투르에서 동쪽으로 가다가 블루아에 조금 못 미친 곳에 위치한 옹젠Onzain의 '도멘 데 오트 드 루아르Domaine des Hauts de Loire'였다. 1860 년에 지어졌다는 이 호텔은 처음에는 귀족의 사냥 롯지로 사용되었 는데, 이후 개조되어 여행객들을 위한 4성급 호텔로 바뀌었다.

찻길에서 호텔 정문으로 진입해 숲 사이 길을 차로 한참 달려 도착한 호텔은 상상하던 모습 그대로였다. 담쟁이넝쿨로 뒤덮인 벽, 넓은 정원과 분수와 수영장 그리고 새들의 아름다운 소리가 가득 한 곳, 중세 유럽의 귀족 휴가지가 이런 모습이지 않았을까 싶었다. 호텔 본관 1층에 있는 레스토랑(Restaurant gastronomique au coeur des chateaux de la Loire)은 '미슐랭 2스타'를 받은 곳이기도 하다. 이곳 레스토랑에서 루 아르의 부르게이Bourgueil 지역 화이트 와인과 함께 정찬 디너코스를 세 시간 동안 천천히 즐겼다. 프랑스 8대 와인 산지 중 한 곳인 루아르는 푸이 휘메Pouilly Fume의 드라이 화이트, 굴과 조개 등 해산물과 어울리는 뮈스카데Muscadet, 상세르Sancerre와 부브레Vouvray, 그리고 앙쥬 Anjou의 로제를 비롯해서 어느 곳 하나 유명하지 않은 곳이 없다.

루아르 와인은 오래 숙성시키지 않고 그때그때 소비하며, 가격 도 비싸지 않으면서 시원하게 마시는 맛이 있어서 썸머 와인으로 인기가 좋다. 대부분의 파리 레스토랑에서는 루아르 와인을 갖춰놓 고 있다. 그런데 루아르에 머물면서 마시는 와인은 뭔가 색달랐다. 식사할 때마다 그곳 웨이터가 추천해주는 부담스럽지 않은 가격대 의 루아르 와인을 가볍게 한 잔 곁들일 수 있는 행복감, 이것이 여 행의 묘미가 아닐까?

몽마르트르 예술가들의 카바레,
오 라팽 아질에서의 낭만

오 라팽 아질Au Lapin Agile은 한 세기 반이 넘도록 몽 마르트르Montmartre를 거쳐 간 수많은 화가들과 예술가들의 혼과 갈증을 채워주었던 선술집으 로, 시와 노래 그리고 토론과 술이 있는 곳이다. 피카소, 모딜리아 니, 툴루즈-로트렉, 에릭 사티, 에디트 피아프 등 예술계를 주름잡 았던 세기의 화가와 음악가들이 사랑하고 거쳐 갔던 장소이기도 하 다. 밤 9시에야 문을 열기 때문에 늦은 시간대의 귀갓길이 걱정되어 오랫동안 머물지 못해 많이 아쉬웠지만, 파리의 밤과 샹송을 마음 껏 즐긴 귀한 시간이었다.

파리의 샹송 카페, 오 라팽 아질

공연 내용은 간단했다. 어두운 실내에서 피아노 반주에 맞춰 여러 명의 가수들이 샹송을 혼자 또는 여럿이 같이 불렀다. 마이크라는 장치 없이, 그저 가수들의 순수한 목소리에 실린 샹송 무대는 요즘 시대에 보기 힘든 소박하면서도 낭만이 깃든 공연이었다. 피카소는 자주 들러 시간을 보냈던 이곳을 직접 그렸는데, 바로 〈라팽 아질에서 - 초록색 의상의 어릿광대At the Lapin Agile - Arlequin au Verre〉(1905년작)라는 작품이다. 단골 선술집에 대한 애정이 작품으로까지 이어졌던 모양이다.

베르사유 궁전, 퐁텐블로 숲 그리고 바르비종

파리에 갈 기회가 있을 때마다 늘 가봐야지 했으나, 번번이 다음 기회로 미루었던 곳이 '베르사유 궁전Chateau de Versailles'이다. 5살의 어린 나이에 왕위에 오른 루이 14세가 성인식을 치른 후에야 어머니의 섭정에서 벗어날 수 있었고, 국왕으로서 직접 통치를 시작하면서 절대 왕정을 내세우기 위해 1682년에 베르사유에 어마어마한 왕궁을 지었다는 이야기는 세계사 시간에 익히 들어 알고 있었다.

그런 베르사유 궁전을 돌아볼 기회가 드디어 찾아왔다. 이 궁전을 보면 루이 14세가 얼마나 어마어마한 권력을 장악했었는지를 가늠해볼 수 있다. 그 거대한 외양은 물론이고, 화려한 내부 치장과 가구 그리고 엄청난 면적의 정원을 둘러보면서 '태양왕' 루이 14세를 떠올려보았다. 매일 6,000명 이상의 귀족들이 엄격한 궁정예절을 지키며 국왕 곁에 머물기 원하도록 만들었던 루이 14세는 베르사유 궁전을 지배와 권력을 위한 강력한 정치 도구로 사용했는데, 화려함의 극치를 보여준 '거울의 방'을 지나면서 이를 다시 한 번 되새겼다. 프랑스 혁명이 일어날 때까지 끊임없이 공사를 했다는 이 궁전은 국왕의 높아진 권위만큼이나 공사에 동원되었던 인부들과 국가의 재산이 들어갔다는 의미니까 말이다.

파리에서 아봉Avon역까지 기차로 한 시간쯤 달려서 동화 같은 풍경이 펼쳐지는 퐁텐블로Fontainebleau 숲에 도착했다. 퐁텐블로 숲은 중세 시대 이래 왕족과 귀족들의 사냥터였던 곳이다. 파리를 여행하다가 정신적으로 지치거나 편안한 산책을 원하는 사람에게는 이 퐁텐블로 숲길이 좋은 약이 될 것 같다.

특히 퐁텐블로에서 화가의 마을 '바르비종Barbizon'으로 이어지는 숲길은 프랑스에서도 손꼽히는 좋은 산책로로 이름나 있는데, 과연 조용하고 한적하게 쉴 수 있는 영혼의 안식처라고 표현해도 될 명품 산책로였다. 이곳에서 우러나오는 자연의 신비를 화가들은 아름다운 작품으로 만들어냈다. 이곳에서 마네는 〈풀밭 위의 점심식사〉를, 루소는 〈퐁텐블로의 숲〉을, 그리고 워낙 유명한 밀레는 〈이삭 줍는 여인들〉, 〈양치는 소녀〉, 〈만종〉을 그렸으니 말이다.

또한 퐁텐블로 숲에는 사냥과 더불어 휴양하기 위해 이곳을 찾은 왕족과 귀족들이 머물 수 있는 퐁텐블로 성Chateau de Fontainebleau이 있다. 비록 베르사유 궁전처럼 화려하진 않으나 자연과 어우러진 모

베르사유 궁전 입구에서 손님을 기다리는 마차와 마부

습은 훨씬 더 아름답다. 특히 예술을 사랑했던 프랑수아 1세는 이 탈리아에서 초빙한 예술가들을 이곳에 머물게 하면서 그들의 작품 활동을 지원했는데, 성 안 '프랑수아 1세 갤러리'에서 그 시대 예술을 감상할 수 있다.

자연과 가까운 곳에서 마음을 들여보라

브르타뉴와 루아르, 그리고 파리 근교를 여행하면서 예술작품이나 미술관에 시간을 많이 할애할 줄로만 알았는데, 오히려 독특한 해변 풍광과 강 유역의 풍경 그리고 파리 근교 최고의 녹지를 더 많이 돌아보면서 한층 '자연'에 가까워진 느낌을 받았다.

소극적이고 말이 없는 20대 여성 L. 그녀는 중·고등학교 시절부터 앓아온 위장병으로 10여 년 이상을 소화제에 의존해 살아가는 만성 기능성 위장병 환자다. L에게 약을 처방해주면서 한 가지 생활 처방을 더 해줬는데, 바로 식사 후 30분 정도 산책하라는 것이었다.

L은 느긋하게 브르타뉴 해변을 걷고, 일몰에 비쳐지는 몽생미셸을 감상하고, 루아르 고성과 퐁텐블로 숲의 여유를 즐기면서 조용히 자신의 마음을, 그리고 말없이 고통을 감내하고 있는 자신의 위장을 들여다볼 필요가 있다. 왜냐하면 그녀의 위장은 밖으로 드러내지 않은 불만이나 노여움의 감정을 처리하기 위해 지금껏 고통

을 받아왔을 것임이 분명하기 때문이다. 자연을 그대로 받아들이고, 자신의 마음을 들여다보는 일이 익숙해지면, 그녀를 괴롭히는 만성 기능성 위장병은 눈 녹듯이 사라질 것이다.

프랑스 사람들은 어떤 체질이 많을까?

여행을 하면서 "프랑스 사람들은 어떤 체질이 많을까" 하는 직업의식이 발동했다. 한국을 예로 든다면, 일단 서울 사람은 부드럽고 유약해 보이나 내면은 강한 소음인, 경상도와 충청도 사람은 투박하고 보수적이며 선이 굵은 태음인, 그리고 전라도 사람은 인정 많고 솔직하며 변화에 잘 적응하는 소양인 체질이 많지 않을까? 그렇게 본다면 프랑스는 시각적인 미美를 모든 예술 장르에서 강렬하게 느낄 수 있으니, 프랑스 사람들은 시각적인 것에 예민하고 감정에 솔직하며 예술적 기질을 타고난 소양인 체질이 많지 않을까?

"마음을 들여다보려면, 자연을 가까이할 수 있는 곳으로 여행을 떠나라!"

| 미네랄이 풍부한 건강 소금, 천일염 |

우리 몸에 흡수된 소금은 나트륨Na과 염소Cl가 되어 혈액·소화액·조직액 속에 들어가 삼투압·산도酸度의 조절이나 신경·근육의 흥분성 조절 등에 관여한다. 이처럼 소금은 인체 내에서 생리학적으로 필수 불가결한 물질이기 때문에 소금성분이 없으면 사람은 살 수가 없다.

소금의 성분 중 나트륨은 혈액과 세포액에 가장 중요한 전해질이어서 땀을 많이 흘리거나 설사를 심하게 했을 때 소금물을 섭취하지 않으면 탈수가 되어 생명이 위태로워지기도 한다. 신체에 염분이 부족하면 영구히 염분저류호르몬이 활성화되어 심장발작과 뇌졸중 빈도가 증가할 수 있다.

그러나 지금껏 우리가 먹어온 소금은 정제염이다. 정제염은 정제 과정에서 미네랄이 빠져나가 염화나트륨 함량이 높다. 이에 반해 정제하지 않은 천연소금, 천일염은 풍부한 미네랄이 그대로 살아 있고, 염화나트륨 함량이 낮으며, 짠맛은 덜하면서 단맛이 함께 있어 음식 조리할 때 풍미를 더할 수 있다.

천일염은 전통 방식으로 갯벌 염전에서 수확한 '토판염'을 최고로 치는데, 이 토판염을 3~5년 정도 자연 숙성시켜서 쓴맛을 내는 간수 성분이 자연스럽게 빠지도록 한 '숙성 토판염'이 프리미엄급이다. 세계적으로 유명하다는 소금을 굳이 프리미엄 소금이라며 수입해서 먹을 필요가 전혀 없다. 국내에서 생산되는 전남 신안군의 천일염이면 충분하다. 세계 어느 소금과 비교해도 뒤지지 않는 좋은 소금을 곁에 두고 굳이 외국에서 수입해 먹어야 할 이유가 있을까?

📝 이안의 여행 수첩

| 여행 일정 |

첫째 날 : 인천 → 두바이 → 파리 /
　　　파리 → 렌 → 플루하
둘째 날 : 몽생미셸, 생말로, 캉칼
셋째 날 : 팽폴, 게랑드
넷째 날 : 렌 → 투르(기차) / 투르 시내
다섯째 날 : 투르 → 옹젠(렌터카)
여섯째 날 : 옹젠 → 블루아 → 투르(렌터카 반납)
일곱째 날 : 투르 → 파리(기차) / 베르사유 궁전
여덟째 날 : 퐁텐블로 숲 / 파리 출국
아홉째 날 : 인천 도착

| 기타 정보 |

· 루아르 지역 옹젠에 위치한 샤토 호텔 : Domaine des Hauts de Loire
　www.domaine hautsloire.com
· 전통 푸아스Fouaces(루아르 전통음식으로 화덕에 구운 밀가루 빵)를 먹을 수 있는 곳 : Comme
　Autrefouée
　www.commeautrefouee.com
· 카바레, 오 라팽 아질Au Lapin Agile : 화~일(월요일 휴업) 밤 9시 개장
　www.au-lapin-agile.com

10
:

다름을 끌어안아
조화를 이뤄낸,

스페인 안달루시아

The miraculous Healing journeys of Ian

용서하기 | Andalucia, Spain

안달루시아Andalucia는 스페인 속의 스페인이라, 진정한 스페인을 느끼려면 안달루시아를 가봐야 한다. 일생에 한 번은 꼭 만나고 싶었던 스페인. 이왕이면 제대로 스페인을 만나보기 위해 오직 안달루시아만을 돌아보기로 했다.

사람 사이에 쌓인 갈등은 웬만큼 양보하면 이해와 용서가 가능하다. 그러나 종교가 개입되면 이야기가 달라진다. 어지간해서는 양보도, 이해도, 그리고 용서도 불가능하다. 종교라는 이름을 내세워 어이없는 일을 저지르는 경우가 많지 않은가.

그런데 안달루시아는 800년 동안 아랍의 지배를 받아왔던 특수한 역사 덕분에 유대교, 이슬람교 그리고 가톨릭교가 공존하는 독특한 문화와 정서가 존재한다. 지배하는 종교 우위 집단에 의해 같은 공간을 무슬림 사원으로, 그리고 성당으로 사용했던 역사를 지닌 안달루시아 사람들은 수없이 다른 종교를 용서했으리라.

스페인 남서부에 위치한 마드리드Madrid는 2월인데도 태양이 뜨거웠다. 공항 안은 작은 키에 검은 눈동자, 검은 머리가 대부분이며 낭만적인 눈빛을 한 사람들로 가득했다. 마드리드공항에서 초고속열차AVE로 2시간 만에 안달루시아의 코르도바Cordoba까지 단숨에 달렸다. 한때 코르도바는 유럽에서 가장 앞선 문화를 꽃피워, 르네상스 시대 때 고대 그리스와 로마 문화를 재발견하게 만들어준 모태가 된 곳, 애초에 고대 로마가 세운 도시지만 10세기 무렵에는 세계 이슬람교도들의 순례지가 될 정도로 최고 전성기를 맞이했던 곳이다.

코르도바 기차역에서 밖으로 나오니 과거에 세계 이슬람문화의 중심지였던 도시의 아우라가 느껴졌다. 안달루시아에서 코르도바를 첫 여행지로 정한 것은 이런 굉장한 도시를 꼭 직접 보고 싶었기 때문이다. 특히 이슬람 문화의 메카였던 그 시대에 가톨릭교와 유대교, 이슬람교가 비교적 평화롭게 공존하는 사회가 있었다는 것이 놀라웠다. 유네스코 세계문화유산으로 지정된 구시가의 유대인 거리, 꼬불꼬불한 골목 끝에 코르도바의 상징물인 메스키타 Mezquita(스페인어로 '모스크'라는 뜻)가 있었다.

한 번에 2만 5,000명이 기도할 수 있다는 어마어마한 규모의

코르도바의 메스키타 내부에 세워진 수많은 모스크 기둥들

'메스키타'는 애초 알라를 모시는 모스크로서 수많은 기둥을 세워 아름답게 건축했지만, 이후 가톨릭이 재정복한 후 모스크 중앙에 다시 성당을 지어 넣어 이슬람교도와 그리스교도가 동거하는, 한 지붕 두 종교의 특이한 구조가 되었다. 그래서 '메스키타'와 '코르도바 산타마리아 성당'은 결국 한 건물을 가리킨다. 참, 묘하다. 이 거대한 이슬람교 사원 안에 성당을 지어 넣다니 말이다. 사원 안은 대리석, 화강암, 벽옥, 석영으로 만들어진 850개의 둥근 기둥과 그 기둥 위를 잇는 빨간색과 흰색의 줄무늬 말발굽 모양의 아치들로 가득해서 아주 특별한 장소에 들어와 있는 느낌을 받았다.

거대한 이슬람 사원을 파괴하지 않고, 그 모습을 유지한 채 안쪽에 성당을 세웠기 때문에 이곳은 무슬림 사원 양식, 로마네스크 양식, 고딕과 르네상스 양식을 한꺼번에 다 볼 수 있는 건축 양식의 백화점이다. 다름을 인정해주고 파괴하지 않았기 때문에 오늘날 수없이 많은 여행자들이 이 메스키타를 보러 코르도바를 찾아오고 있다. 다른 어느 곳에서도 볼 수 없는 귀한 사원, 성당이다.

카르멘과 돈키호테를 탄생시킨 코르도바

코르도바는 프로스페르 메리메가 쓴 소설 《카르멘》의 배경이 되는 도시이기도 하다. 카르멘이 돈 호세를 버리고 투우사 루카스와 만났던 투우장은 지금은 다른 곳으로 옮겨졌지만, 아직도 수많은 현대의 카르멘들이 이곳의 투우장에서 새로운 연인과 데이트를 즐기고 있을 것이다.

구시가의 유대인 거리를 지나면, 세르반테스가 머물면서 《돈키호테》를 썼던 포트르 여관이 있는 포트르 광장Plaza del Potro이 나온다. 광장 한쪽의 카페에서 커피 한 잔을 마시면서, 400여 년 전에 세르반테스가 작품을 구상하며 이곳에 앉아 있는 모습을 상상해봤다.

음악의 도시,
세비야에서 플라멩코를

16세기 세비야Sevilla가 황금의 전성시대였을 때, 이곳은 문학과 음악이 꽃을 피웠다. 그래서 세비야는 오페라의 소재로도 많이 등장한다. 비제의 〈카르멘〉, 로시니의 〈세비야의 이발사〉, 모차르트의 〈피가로의 결혼〉, 베르디의 〈운명의 힘〉 등 무려 25편 이상의 오페라가 세비야를 무대로 이야기를 펼쳐나간다.

이렇게 클래식 음악의 무대로 유명한 음악의 도시가 세비야지만, 이곳은 집시들의 깊은 슬픔과 한을 담아 애절하게 노래하고 춤추는 플라멩코Flamenco의 본고장으로 더 유명하다. 시내에는 8~9개의 '타블라오Tablao(플라멩코를 공연하는 극장식 레스토랑)'가 있는데, 그중에서 가장 오래된 산타크루스 광장에 위치한 '로스 가요스Los Gallos'를 찾았다.

나는 입장료에 포함된 음료를 한 잔 골라서 자리에 앉았다. 곧이어 무용수 셋, 기타 연주자 둘, 가수 한 명이 무대에 올랐다. 인상

적인 기타 선율에 맞춰 가수가 집시의 한을 담아 구슬프게 노래를
부르는데, 내용을 알아들을 수는 없었지만 너무 슬프게 소리를 내
어 영혼까지 울리는 기분이었다. 여성 무용수는 발을 구르고 손뼉
을 치면서 감정을 잡으며 정열적이고도 농염하게 춤을 추기 시작했
다. 도도한 표정에 육감적인 몸매를 한 무용수가 장단에 맞춰 치마
를 뒤집으며 격렬하게 허리를 흔들 때는 기타 소리도 고조되었고 노
랫소리도 절규와 괴성, 울부짖음으로 바뀌면서 공간을 가득 메웠
다. 무용수의 손과 발동작, 가수의 손뼉소리에 맞추어 '올레!!!' 하고
추임새를 넣다보면 무대와 관객은 금방 하나가 되었다.

플라멩코는 그냥 단순한 '댄스'가 아니었다. 노래와 춤, 음악과
손뼉 그리고 추임새가 무대 위에서 한꺼번에 펼쳐지는 종합예술이
었다. 세비야의 밤은 플라멩코가 있어 더욱 즐거웠다.

스페인에 가면 스페인 사람들의
배꼽시계에 맞춰야

세비야에 와서야 스페인
의 밤을 실감했다. 스페
인 사람들은 "집에 빨리
들어가면 안 돼!"라고 하는 것처럼 한밤중까지 인생을 즐긴다. 타파
스Tapas(육류, 해산물, 야채, 치즈, 올리브 등 각종 재료를 산뜻하고 간단하게 요리해서 작은 접시에 담아내는
애피타이저 음식)를 파는 곳 말고, 제대로 된 식당은 빨라도 밤 9시는 되
어야 저녁 손님을 받는다. 저녁식사는 거의 자정 무렵이 되어서야
끝이 나고, 그 뒤에도 사람들은 새벽까지 문을 여는 클럽이나 술집

에 들러 술 한 잔을 더 하고 집으로 간다.

스페인 사람들이 하루에 몇 번 먹는지 세어보니 거의 다섯 번이다. 세끼 식사 중간에 간단한 타파스를 먹는 형식으로, 조금씩 자주 먹는다. 아침 7시에 빵과 커피로 아침식사, 오전 11시에 샌드위치로 가볍게 식사, 오후 2시부터는 점심 정찬으로 두 시간에 걸쳐 느긋하게 왕처럼 식사한다. 점심식사 후에는 더운 날씨 때문에(세비야는 7월에 섭씨 43도까지 기온이 올라간다) 업무 능률이 오르지 않으니 두세 시간 정도 낮잠을 자고, 오후 6시 퇴근길에 바에 들러 술과 함께 타파스로 간식, 그리고 밤 9~10시부터 저녁식사를 한다.

군것질은 하지 않고 소식으로 정확히 하루 세 번 식사하는 데 익숙한 나에게 스페인 여행은 배꼽시계를 현지 스타일에 맞추는 것이 급선무였다. 제대로 된 맛집에서 저녁식사를 하려면, 평소 같았으면 잠자러 갈 시간인 밤 10시에 식당에 앉아 있어야 했기 때문이다. 로마에 가면 로마법을 따라야 하는 법. 여행 이틀째가 되어 세비야를 떠날 즈음에는 밤 10시에 식당에서 저녁식사를 맛있게 즐길 수 있게 되었다. 늦은 밤 식사에다가 가는 곳마다 골라먹는 즐거움이 있는 다양한 타파스 메뉴 때문에 스페인 여행은 체중 관리에는 전혀 도움이 되질 않았다.

스페인의 자부심,
헤레즈의 세리 와인

세비야에서 렌터카로 안달루시아 지방을 한 바퀴 돌기로 했다. 서쪽 해안의 카디즈Cadiz로 가는 도중에 잠시 들른 헤레즈Herez. 이 작은 마을은 '세리 와인Sherry Wine'으로 유명한데, 달지 않으면서도 알코올 도수가 강한 세리 와인은 스파클링 와인 '카바Cava'와 더불어 스페인의 자부심으로 통한다. 프랑스에 '샴페인'이 있다면 스페인엔 '세리'가 있다고 할 정도니까.

카바는 가격도 부담스럽지 않고 한국에서 자주 마셔볼 기회가 많았지만, 세리 와인은 접할 기회가 거의 없었다. 타파스를 먹으면서 가볍게 한잔할 때는 식전주, 세리 와인이 잘 어울린다. 이곳에서 만든 세리 와인은 곧 헤레즈 와인인 셈인데, 이는 영국 사람들이 헤레즈를 세리로 발음한 데서 비롯했다.

헤레즈의 식당에서 아침 겸 점심으로 하몽Jamon(스페인의 생햄) 한 접시와 함께 세리 와인을 맛보았다. 평소 알고 있던 것보다 세리 와인의 종류가 훨씬 더 많았는데, 드라이한 것부터 달달한 것까지 아주 다양했다. 단 것을 싫어해서 드라이한 와인을 주문했다. 오전에 마시기에는 알코올 도수가 좀 높았는데, 맛은 하몽을 곁들여 마실 때와 그냥 세리만 마실 때가 확연히 달랐다.

세리 와인은 종류가 다양한 만큼 맛도 제각각이어서 그 어떤 현지 음식과도 적절히 조합할 수 있었다. 타파스에 어울리는 세리, 하몽에 어울리는 세리… 만일 이곳의 세리 와인 중 하나를 한국에

가지고 가서 타파스 없이 그냥 마신다면 어떨까? 아마 현지에서 느낀 그 맛과는 다르겠지? 셰리는 역시 스페인에서 마셔야 제 맛이다.

콜럼버스가 출항의 깃발을 올린
카디즈에서 축제를 만나다

헤레즈에서 카디즈로 가는 길, 카디즈가 가까워질수록 도로에 차가 많아졌다. 그 유명한 카디즈 축제의 열기가 느껴졌다. 매년 2월, 열흘간 술과 음악과 춤과 함께 온 시민이 직접 참여하는 카디즈 축제, 마침 내가 카디즈에 도착한 날은 축제가 한창인 때였다. 축제는 역시나 스페인답게 밤에 본격적으로 열리지만, 낮에도 거리에는 축제 복장을 하고서 걸어 다니는 시민들이 많았다. 거리 곳곳에서 댄스를 즐기는 무리, 대성당 앞 계단에서 노래하는 합창단, 신랑신부 차림을 한 꼬마 커플 등 구경하는 것만으로도 충분히 축제의 분위기를 느낄 수 있었다.

카디즈 항구 반대쪽에는 스페인에서 가장 긴 10킬로미터의 해변이 펼쳐져 있는데, 여름에는 꽤 붐빌 것 같았다. 카디즈 성당 뒤쪽에 나 있는 해안도로의 제방 밑에서는 파도가 출렁거렸다. 바로 이곳에서부터 드넓은 대서양이 펼쳐진다.

카디즈는 3천 년 전에 도시가 건설된 이래 로마, 서고트, 이슬람의 지배를 받아온, 아주 오래된 항구 도시다. 이곳에서 신대륙 탐험에 필요한 사람과 물자를 실은 콜럼버스의 탐험선이 출항했고, 신대륙이 발견된 이후에는 아메리카와의 물류교역이 활발했던 화려한 과거를 가지고 있다.

과거에 세계 곳곳을 식민지로 삼았던 스페인 제국의 화려했던 시절을 생각해볼 때, 경제 침체에 빠져 있는 지금의 모습이 몹시 안타까웠다. 비록 지금은 힘든 시간을 보내고 있지만, 세계를 지배했던 제국의 경험을 가지고 있기에 잘 극복하리라 믿는다.

겉핥기로 다녀온 모로코

카디즈에서 알제시라스Algeciras로 넘어가는 도로는 폭이 좁고 언덕이 많으며 나무가 적어, 마치 이상한 나라로 빨려들어 갈 것만 같은 묘한 분위기가 이어졌다. 마침 날씨도 종잡을 수가 없었는데, 비가 왔다가 개였다가 흐렸다가 하면서 두어 시간 동안 모든 종류의 날씨 변화를 다 보여주었다. 그래선지 묘한 이곳의 언덕들이 더 극적으로 보였다.

아침 일찍 알제시라스 항구를 출발한 페리는 왼쪽의 지브롤터Gibraltar 바위를 지나 곧장 남쪽으로 한 시간여를 달렸다. 모로코Moroco로 가는 길이었다. 스페인령 아프리카 땅, 세우타Ceuta 항에는 모로코의 남자 전통의상 '자바도르Jabador'를 입은 가이드가 1일 투어 관광객들을 기다리고 있었다. 나는 그가 안내하는 미니버스에 올랐다. 곧이어 미니버스는 스페인-모로코 국경을 통과한 후 테투안

모로코 테투안 전경

Tetuan까지 천천히 달렸는데, 그 덕에 차창 밖의 낯선 풍경이 눈에 잘 들어왔다. 고작 한 시간 동안 지브롤터 해협을 건넜을 뿐인데, 대륙이 달라졌다. 땅도, 집도, 길도, 그 분위기가 완전히 달랐다. 창밖은 벌거숭이산과 시뻘건 흙, 넓은 구릉과 아랍풍의 건물들 그리고 우울한 표정의 현지인들 일색이었다.

테투안의 구시가에 도착해서 구불구불한 미로 같은 골목으로 안내를 받았다. 마치 복작복작한 시장통에 온 듯했다. 집의 현관문 색이 초록색이면 가게이고, 갈색이면 가정집이란다. 화려한 색깔의 염료를 파는 가게와 각종 올리브를 쌓아두고 파는 가게, 그리고 털실을 골목길에서 풀었다가 다시 감고 있는 사람을 지나 과일가게, 생선가게까지 걸어갔다. 정말 없는 것 없이 다 판다. 새삼 어디를 가든 사람 사는 곳은 다 똑같다는 생각이 들었다. 딱 한국의 1960년대 거리 풍경이었다.

스페인 안의 영국 땅, 지브롤터

거대한 바위가 보이는 지브롤터로 들어가기 위해서는 국경을 의미하는 출입국 관리소를 지나야 했다. 스페인과 영국 간의 영토 분쟁이 지금까지도 계속되고 있는 지브롤터에 들어온 실감이 났다. 건물에는 영국 국기가 걸려 있었고, 경찰들의 복장도 달랐다.

큰 바위처럼 우뚝 솟아 있어서 지브롤터 바위라고도 불리는 타리크Tariq 산 아래의 다운타운에는 아기자기한 상점들이 즐비했고, 자동차도로는 상당히 좁았다. '유로파 포인트Europa Point'를 향해 차로 달려가면서 존 레논과 오노 요코의 일화를 떠올렸다. 기혼이었던 두 사람은 운명적인 사랑에 빠져 각자 가정을 정리하고, 1969년 이곳에서 결혼식을 올렸다. 문득 그들이 결혼증명서를 들고 기념사진을 찍었던 곳이 어딜까, 찾아보고 싶어졌다.

론다, 누에보 다리, 헤밍웨이

해변도로를 한참 달려 '이런 산골에 정말 마을이 있을까' 의심될 무렵 론다Ronda에 도착했다. 커브를 돌아 언덕을 차로 달려 내려가는 순간, 저만치 넓은 구릉 위에 낮고 하얀 집들이 옹기종기 들어선 마을이 보였다. 저절로 탄성이 터져 나왔다. 정말 멋졌다. 해발 750미터의 마을 바로 위쪽에 구름이 걸려 있어서, 멀리서 보면 마을이 하늘에 떠 있는 것 같았다. 릴케가 이곳을 '하늘 정원'이라고 표현했다더니, 정말 그 표현이 딱 들어맞았다.

마을로 들어서니 타호El Tajo 협곡을 사이에 두고 구시가지와 신시가지를 잇는 다리가 나왔다. 바로 그 유명한 '누에보 다리Puente Nuevo'다(협곡 아래 강에서부터 거대한 석조를 120미터나 쌓아올려, 무려 40년 동안 이 다리를 만들었단다). 다리 위에서 내려다보는 협곡은 아찔할 만큼 깊어서 조금만 방심하면 카메라를 떨어뜨릴 것만 같았다.

안달루시아의 보석, 론다

누에보 다리 근처에 숙소를 정한 뒤 천천히 론다를 둘러보았다. 헤밍웨이가 머물며 《누구를 위하여 종은 울리나》를 집필했다는 사실이 론다 사람들에게는 큰 자랑거리인데, 숙소 주인장도 마찬가지로 헤밍웨이 이야기를 들려주면서 동명의 영화도 이 마을에서 촬영했다며 아주 자랑스러워했다. 작은 시골 마을 론다가 한 세계적인 작가 덕분에 제대로 마케팅이 된 셈이다. 결국 헤밍웨이의 유명세를 파는 것이니까.

1785년에 지어진 론다의 투우장은 스페인에서 가장 오래되었지만, 아직도 매년 9월에 전통복장을 갖추고 투우경기가 열린다. 박물관에서는 투우의 창시자인 '프란시스코 로메로'와 투우를 예술로 승화시킨 그의 손자 '페드로 로메로' 등… 로메로 일가의 초상화와 투우사의 의상, 그리고 당시의 투우 장면 사진과 그림들을 모두 볼 수 있다. 프란시스코 고야가 궁정화가가 되기 전, 방황했던 젊은 시절에 투우단을 따라 스페인 전역을 유랑하며 그린 작품 속에는 19세기 초반에 유행했던 스페인의 투우 모습이 생생하게 담겨 있다. 박물관의 기념품 가게에서 투우 장면을 열정적인 색깔로 그린 작은 그림 한 점을 샀다. 여행 중에 구입하는 그림은 돌돌 말아 짐 속에 잘 넣으면 여행하는 데 별로 방해가 되지 않는 좋은 기념품이다.

오바마 미국 대통령 가족이 여름휴양지로 선택한 뒤로 최근 더 유명해진 론다, 잠깐 들러서 누에보 다리 사진만 찍고 지나가기에는 너무도 아까운 마을이었다.

세상에서 가장 낭만적인 궁전,
그라나다의 알람브라

800여 년간 이슬람의 지배를 받았던 그라나다Granada, 그곳은 14세기 무렵 이베리아 반도에서 가장 번성한 이슬람 도시였다. 아랍인들이 기독교도들에 의해 1492년 모로코로 밀려나기 직전까지도 이곳을 사수했기에 이슬람 예술의 극치를 보여주는 알람브라Alhambra 궁전을 지금도 스페인 땅에서 볼 수 있는 것이다. 알람브라 궁전은 수많은 여행자들을 그라나다로 찾아오게 만든다. 워낙 찾아오는 사람이 많아서 미리 인터넷으로 입장권을 예매해두지 않으면 당일 티켓은 구하기 힘들 정도다.

궁전은 그라나다를 한눈에 내려다볼 수 있는 구릉 위에 세워져 있었다. 구릉 위쪽에서부터 아래로 헤네랄리페(여름궁전), 카를로스 5세 궁전, 파르탈 정원, 나스르 궁전, 알카사바(성채) 순으로 천천히 둘러보는 데 4시간 정도 걸렸다. 이 궁전은 프랑스가 자랑하는 베르사유 궁전의 모델이 되었을 정도로 아름다운 건축미를 자랑한다. 카를로스 5세 궁전은 아기자기하면서 웅장하고, 소박하면서 화려했다. 인간이 건축물에 부릴 수 있는 모든 호기가 다 담겨 있는 것 같았다. 특히 궁전의 입장 인원을 제한하고 있어서 꽤 오래 대기하다가 들어간 나스르 궁전의 '사자의 정원'과 '사자의 샘'은 천정부터 벽까지 모두 하얀 석회석의 섬세한 조각으로 마치 밀랍처럼 세밀하게 장식되어 입이 딱 벌어질 정도로 아름다웠다.

물이 귀한 땅 아프리카와 중동에서 살아온 이슬람교도들의

'물'에 대한 열망은 궁전 안 곳곳을 장식하고 있는 분수와 아름다운 정원에 잘 표현되어 있었다. 물이 주는 정화의 이미지, 물의 소리, 그리고 그 아름다움이 알람브라 궁전에 고스란히 담겨 있었다. 하늘을 찌를 듯 우뚝 솟은 다른 유럽 국가의 궁전에서 흔히 볼 수 있는 보석 장식이나 화려한 그림은 없었지만, 알람브라 궁전만의 특별함이 있었다. 기하학적인 내부 장식과 섬세한 조각 등 다른 국가의 궁전에서는 찾아볼 수 없는 특별한 아름다움에 압도되어, 오래 머물고 싶어지는 공간이었다.

야간 침대열차, 트렌호텔을 타고 바르셀로나로

렌터카를 반납하기 위해 그라나다에서 세비야로 되돌아왔다. 세비야에서 바르셀로나까지는 야간 침대열차 트렌호텔Trenhotel(스페인어로 'Tren(기차)'과 'Hotel(호텔)'이 합쳐진 단어)로 이동하기로 했다. 밤 10시 10분 세비야를 출발한 기차는 다음 날 아침 8시 45분에 바르셀로나에 도착했다. 거리도 멀었지만, 엄청 천천히 달린 느낌이었다.

일등석 침대칸 티켓을 끊은 덕분에 세면도구와 숙박에 필요한 물품을 담은 작은 가방까지 준비되어 있는, 깔끔하고도 아늑한 룸으로 안내를 받았다. 티켓 비용에 포함되어 있는 만찬 코스를 식당칸에서 와인까지 곁들여 거나하게 먹은 후에야, 침대칸으로 돌아와 불을 끄고 누웠다. 마치 요람에 누워 있는 듯, 기차가 덜컹거릴 때마다 기분 좋게 흔들려서 금세 잠이 들었다. 새벽에 잠깐 깨서 창밖을 내다보니 깜깜한 밤하늘에 별이 무척 많았다.

가우디의 도시, 바르셀로나

바르셀로나의 가장 큰 매력은 건축물이 표현할 수 있는 자유분방함의 극치를 보여주는 가우디의 예술을 직접 만날 수 있다는 것이다. 한 사람의 작품 중 5개가 세계문화유산으로 선정된 것은 전 세계에서 찾아보기 힘든 일이니까. 특히 아직도 미완성인 '사그라다 파밀리아 성당'은 기대했던 이상이었다. 가우디가 창조해낸 환상적인 공간들, 아파트에 대한 고정관념을 깨게 한 '카사 밀라'와 곡선을 많이 이용한 가우디의 역작 '구엘 공원'을 둘러보면서, 한 사람의 천재가 전 세계의 건축가와 아티스트들에게 미친 그 위대한 영향에 대해 생각해보게 되었다. 그야말로 예술과 건축은 길고 인생은 짧다.

피카소는 말라가에서 태어났지만 13세 때 바르셀로나로 이주해서 자라고 교육받았으니, 바르셀로나는 세기의 천재를 잘 교육한 셈이다. 중세 분위기가 짙게 풍기는 고딕 지구의 몬카다 거리 끝에서 피카소 미술관을 만났다. 안달루시아 여행에서 말라가를 들러보지 못해 아쉬웠던 탓에, 바르셀로나에서 만난 피카소 미술관은 더 없이 반가웠다. 특히 서울에서 열리는 전시회에서는 좀체 볼 수 없었던 피카소의 초창기 작품들과 전 생애에 걸쳐 그렸던 스케치와

습작, 판화와 도자기까지 전시되어 있어서 그의 작품 변화를 한눈에 볼 수 있어 좋았다.

몬주익 언덕에 있는, 바르셀로나가 낳은 또 한 명의 위대한 화가 '호안 미로'가 사재를 털어 세운 미술관을 방문했다. 피카소 미술관과 마찬가지로 그의 초기 작품부터 추상화로 발전하게 되는 작품 변화를 한 번에 다 볼 수 있어서 좋았다. 호안 미로를 화가로만 알고 있었는데, 그게 전부는 아니었다. 조각, 도자기 등 다방면에 재능을 보였고, 특히 말년에는 왕성한 판화 작업을 했던 것을 알게 되었다. 얼마 전, 재정난에 빠진 포르투갈 정부가 호안 미로의 작품 85점을 크리스티 경매에 부치려다가 국민들이 크게 반발해 막판에 취소했다는 뉴스를 보았다. 우리 정부가 그랬다면 우리 국민은 어땠을까?

타인을 용서하는 것은
결국 자신을 위한 일이다

남편의 외도를 알았지만 자식들 때문에 참고 넘어갔다는 B. 그 뒤로 B에게는 화병과 우울증이 심각하게 찾아왔다. 솔직한 심정으로는 도저히 남편을 용서할 수가 없었던 것이다. 그녀의 화병은 한참을 치료한 후에야 차도를 보이기 시작했다.

B에게 세비야에서 보았던 '메스키타'에 대해 들려주었다. 유대교, 이슬람교, 기독교가 같은 공간에서 성전을 공유하는 곳인데,

타 종교에 대한 이해와 용서가 없었다면 불가능했을 건축물이지만, 타 종교를 인정함으로써 이슬람 사원 안에 예배당이 지어질 수 있었다고 이야기했다. 그러면서 진심으로 남편을 용서하고 자기 자신을 위해 스스로를 바꾸도록 노력한다면, 이전보다 훨씬 나은 자신의 모습을 얻을 수 있을 것이라고 말해주었다.

한동안 진료실에 나타나지 않던 B가 다시 찾아왔다. 장사도 그만두고, 늦은 나이지만 얼마 전에 방송통신대학에 입학했다며 미소를 지었다. 남편과 아이들을 위해 희생해온 자기 자신에 대한 보상을 지금이라도 하고 싶어서 공부를 시작했단다. 진정한 용서를 통해 비로소 마음의 평화를 찾은 B에게 브라보!

다름을 끌어안은
진정한 승자

집시들이 그들의 문화를 보존하도록 배려한 덕분에 플라멩코는 스페인의 춤이 되었고, 이슬람 문화의 찬란한 건축물들을 허물지 않고 잘 보호한 덕분에 메스키타나 알람브라 궁전이 스페인의 자랑이 된 것처럼, 타 문화를 보듬어안고 함께 역사를 만들어온 스페인, 그리고 안달루시아는 확실히 스페인의 심장이다.

"타인을 인정하고 용서할 때 비로소 진정한 자신을 찾을 수 있다. 안달루시아처럼!"

| 햇빛 쬐기 |

스페인의 태양은 정말 강렬했다. 특히 안달루시아 지방의 태양은 모든 것을 이글이글 녹여버릴 정도로 뜨거웠다. 태양을 볼 수 없는 날이 일 년에 며칠 안 된다는 안달루시아는 사람도 태양처럼 뜨겁고 밝았다.

사람의 감정은 날씨의 영향을 많이 받는다. 맑고 화창한 날은 기분도 밝아지고, 우중충하고 비오는 날은 기분도 울적해진다. 햇빛이 정신건강에 미치는 영향은 대단해서, 낮에 잠깐 햇볕을 쬐는 것만으로도 멜라토닌 분비량이 늘어나 잠을 잘 오게 하고, 우울한 기분을 개선시켜주는 효과를 얻을 수가 있다.

그러나 사실, 도시에 사는 사람이 햇볕을 쬘 수 있는 시간은 예전보다 엄청나게 줄었다. 아파트 지하 주차장에서부터 차를 운전해 가서, 회사 주차장에 차를 세워놓고 사무실로 올라가 종일 빌딩 안에 있다가 해가 지면 퇴근하는 도시 직장인들은 더 그렇다. 학생들도, 주부들도 햇빛을 못 보고 살기는 마찬가지다. 우울하다. 잠이 안 온다.

피곤하다는 증상이 느껴진다면, 매일 햇빛 먹는 시간을 가지자. 점심시간이어도 좋고, 아침 출근길이어도 좋다. 하루 30분 이상 햇빛 충전으로 몸과 마음이 더 건강해짐을 느낄 것이다.

📝 이안의 여행 수첩

| 여행 일정 |

첫째 날 : 인천 → 마드리드

둘째 날 : 마드리드 → 코르도바 →

　세비야(기차)

셋째 날 : 세비야 → 카디즈 → 알제시라스(렌터카)

넷째 날 : 알제시라스 → 세우타 → 탕헤르(모로코) → 알제시라스(페리) / 알제시라스 → 지브

롤터 → 론다(렌터카)

다섯째 날 : 론다 → 말라가 → 그라나다(렌터카)

여섯째 날 : 그라나다 → 세비야(렌터카) / 세비야 → 바르셀로나(야간 침대열차)

일곱째 날 : 바르셀로나

여덟째 날 : 바르셀로나 → 인천

| 여행 정보 |

• 스페인 음식

- 하몽Jamon : 스페인 전통 저장식품. 돼지 뒷다리
를 소금에 절여 공중에 매달아 2년 정도 자연 건
조 숙성시켜 만든 햄이다. 돼지의 품종과 숙성기
간에 따라 등급이 다르다. 돼지는 넓은 들판에서
도토리를 먹고 자란 이베리코 품종의 흑돼지를 최
고로 친다.

- 파에야Paella : 볶음밥의 일종

- 토르티야Tortilla : 스페인식 오믈렛

- 추로스Churros : 길쭉한 밀가루반죽 튀김, 대중적인 스페인 간식이다.

- 보카디요Bocadillo : 스페인식 샌드위치

- 치피론Chipirón : 꼴뚜기 튀김

- 가스파초Gazpacho : 차가운 토마토 스프

- 타파스Tapas : 식사 전 술과 곁들여 간단히 먹을 수 있는 음식

• 커피 : 아메리카노 커피가 없다. 커피는 에스프레소 아니면 카페라테나 카푸치노다.

• 스페인 술
 - 상그리아Sangria : 레드와인＋과일＋레모네이드 섞은 와인칵테일
 - 카바Cava : 스페인의 대표 스파클링 와인
 - 시드라Sidra : 스페인 전통 사과주
 - 세르베사Cerveza : 맥주. 지역마다 종류가 다르다. 예를 들어 세비야는 '크루즈캄포', 마드리드는 '마오', 바르셀로나는 '에스텔라'
 - 비노Vino : 와인. '틴토Tinto'는 레드 와인, '블랑코Blanco'는 화이트 와인, '로사도Rosado' 는 로제 와인, '카사Casa'는 하우스 와인

· 세비야 / 플라멩코 티켓 구입 : 로스 가요스Los Gallos, 엘 아레날El Arenal, 엘 파티오El Patio 등 세비야에서 유명한 타블라오 티켓을 예약, 구입할 수 있다.
www.flamencotickets.com

· 그라나다 / 알람브라 궁전 티켓 예매 : 홈피 상단메뉴 중 'Family and More'를 클릭하면 쉽게 찾을 수 있다. 오른쪽 상단에 영문사이트 표시가 있다. 오후 2시를 기준으로 오전/ 오후 티켓으로 나뉜다.
www.ticketmaster.es/nav/es/index.html

· 스페인 열차 '렌페Renfe' 예매 : 트렌호텔을 포함한 모든 열차표를 검색, 예매할 수 있다.
www.renfe.com/EN/viajeros/index.html

11
:

자연도 사람도
아름다운 곳,

이탈리아 토스카나

느리게 살기 | Toscana, Italy

느림의 미학이 있는 곳,
토스카나

세월과 전통을 품은 곳, 음식과 와인의 메카, 이탈리아 와인의 세계화를 이끈 '슈퍼투스칸Supertuscan'의 고향, 와인뿐 아니라 자연의 멋과 향이 그윽한 농부들의 소박한 음식으로 세계의 미식가들을 사로잡은 곳, 그리고 빼어난 풍경 사이로 중세의 모습을 간직한 마을들이 있어 가장 이탈리아다운 곳으로 평가받는 곳, 열심히 일한 만큼 먹고 마시며 인생을 즐기는 사람들이 살고 있는 곳, 나에게 토스카나Toscana는 항상 그런 곳으로 기억되어 왔다. 그뿐 아니라 푸치니가 살던 집이 있고, 동화 《피노키오》와 성악가 '안드레아 보첼리' 그리고 영화 〈인생은 아름다워〉의 감독 '로베르토 베니니'의 고향이기도 하니, 엄청나게 매력적인 여행지다.

전통 문화유산으로 가득 찬 피렌체Firenze, 그리고 140년 된 비아레조 축제Carnival of Viareggio가 열리는 토스카나는 그 와인의 역사도 로마 시대부터 이어져서 3천 년이 넘는다. 토스카나의 아름다운 풍경을 배경으로 하는 영화 〈토스카나의 태양〉과, 피렌체 배경의 영화 〈냉정과 열정 사이〉를 너무 열심히 봐서일까? 언젠가부터 '토스카나에서의 일주일'은 버킷리스트 중의 하나가 되었다. 느림의 미학이 있는, 이 멋진 장소로 드디어 떠난다.

피렌체로 가던 중 아름다운
다섯 마을, 친퀘테레에 내리다

밀라노에서 피렌체로 가는 기차 여행 중에 친퀘테레Cinque Terre의 '라 스페치아La Spezia' 기차역에 내렸다. 친퀘테레는 해안가의 다섯 개의 절벽 마을이자 국립공원이고, 유네스코 세계문화유산이며, 특히 깎아지른 절벽에 심은 포도나무로 만든 디저트 와인, 샤케트라Sciacchetra를 드디어 맛볼 수 있는 곳이다. 제일 북쪽의 마을인 몬테로소 알 마레Monterosso Al Mare에서 마지막 마을인 리오마조레Riomaggiore까지 친퀘테레 패스를 끊으면 한나절 동안 모두 둘러볼 수 있다. 물론, 시간 여유가 있다면 해안가 절벽으로 이어진 길을 따라 트레킹도 가능하다.

역에서 내려다보이는 해변가 마을은 친퀘테레 다섯 마을의 첫 번째 마을인 몬테로소 알 마레. 바닷가에는 수영과 선탠을 즐기는 사람들로 가득했다. 9월 둘째 주지만, 이곳은 아직도 여름 날씨였다.

일정에는 없었지만, 너무 더워서 나도 해변 파라솔 하나를 빌려 현지인들 틈에서 태양에 몸에 맡기고 바다수영을 즐기기로 했다(역시 여행은 옆길로 새는 맛이 있어야 제맛이지). 수영하면서 멀리 바닷가 절벽을 바라보니, 역시나 그 유명한 친퀘테레 절벽의 포도나무가 꼭대기까지 심어져 있다. 마을을 차례대로 둘러본 뒤 에노테카Enoteca(와인숍)에서 주인장이 추천해준 샤케트라 2병을 사서 트렁크에 밀어 넣고, 피렌체로 가는 기차에 다시 올랐다.

기차는 자코모 푸치니가 30여 년간 머물면서 〈라 보엠〉, 〈나비부인〉, 〈토스카〉, 〈투란도트〉 등을 작곡하며 음악가로서 절정기를 보낸 '토레 델 라고 푸치니Torre Del Lago Puccini'와 푸치니가 태어난 도시 '루카Lucca'를 지나갔다. 피렌체에 도착하니 저녁시간대였다. 7~8월이었으면 '토레 델 라고 푸치니 페스티벌(매년 여름 열리는 오페라 축제)'도 볼 겸 들렀다 갔을 텐데, 아쉬움이 컸다.

르네상스를 꽃피운
천재들의 도시, 피렌체

숙소 체크인을 한 뒤 저녁도 먹을 겸 고풍스러운 피렌체 밤거리를 걸었다. 한때 유럽을 먹여 살렸다고 할 만큼 막강한 부를 자랑했던 피렌체다. 그러나 경제적인 부유함보다 지금까지 더 오래 후대에 피렌체를 기억하게 하는 것은 르네상스의 중심에 있었던 메디치 가문 때문이다. 메디치 가문은 막대한 경제력을 바탕으로 당대 최고의 인

문학자, 과학자, 예술가들을 피렌체로 끌어들여 인류 역사상 가장 위대한 문화의 시대, 르네상스를 만들었다. 그래서 피렌체는 미켈란젤로, 갈릴레오, 단테, 마키아벨리, 레오나르도 다빈치 등의 천재들이 한꺼번에 활동할 수 있었던 역사적인 장소다. 이 모든 영광의 흔적이 아직도 고스란히 남아 있는 곳, 지금까지 세계인들이 피렌체를 찾는 중요한 이유다.

걸어서 금방 다 돌아볼 수 있는 거리에는 역사상 가장 위대한 건축물들인 산타 마리아 델 피오레 대성당(두오모 대성당), 우피치 미술관, 산 로렌초 성당, 베키오 다리 등이 모두 위치해 있다. 살랑거리는 저녁 바람을 즐기며 피렌체를 가로지르는 아르노Arno 강 옆의 역사지구를 단아하게 채색하는 유적들의 야경을 감상하면서 아르노 강변에 도착하니, 아름다운 베키오 다리가 보였다.

2차 세계 대전 당시 퇴각하던 독일군이 아르노 강변의 건물들을 다 파괴했으나 이 다리만은 남겨졌다는 일화가 있는, 독특하고 아름다운 모습의 베키오 다리를 바라보며 푸치니의 오페라 아리아 〈오 사랑하는 나의 아버지O Mio Babbino Caro〉를 흥얼거렸다. 누구나 이 장소에선 이 유명한 아리아를 떠올리지 않을까? 그리고 베키오 다리는 오늘날 수많은 연인들이 찾는 사랑의 언약 장소다. 단테와 베아트리체의 운명적인 사랑이 시작된 곳이기 때문이라는데, 그래서 많은 연인들이 이곳에서 영원한 사랑을 맹세하고 그 증표로 자물쇠를 채운 뒤 열쇠를 강물에 버린다. 연인의 마음을 자물쇠처럼 꼭 잠가서 혼자만 지닐 수 있다면 참으로 좋으련만….

피렌체에서의 첫날 저녁식사는 베라차노 와이너리에서 직영하는 레스토랑 '칸티네타 베라차노Cantinetta del Verrazzano'에서 키안티 와인Chianti Wine과 함께 맛보았다. 토스카나 전통 방식의 브루스케타 Bruschetta(납작하게 잘라 구운 빵 위에 치즈, 과일, 야채, 햄 등 각종 재료를 얹어 먹는 이탈리아를 대표하는 전채요리)와 조각 피자, 그리고 프로슈토Prosciutto(이탈리아 전통 생햄)로 가득 채워진 테이블이 눈앞에 있으니, 피렌체에 입성한 기분이 절로 들었다. 정말로 금강산도 식후경이다.

메디치 가문의 후원이 만들어낸 도시

메디치 가문의 방대한 수집품을 소장하고 있는 우피치 미술관을 방문했다. 이곳에서는 조토, 보티첼리, 레오나르도 다빈치, 미켈란젤로, 카라바조 등 르네상스를 대표하는 예술가들의 유명한 작품들을 볼 수 있는데, 특히 보티첼리의 〈비너스의 탄생〉은 교과서 속의 그림을 실물로 보는 감동이 대단했다.

우피치 미술관과 함께 피렌체를 대표하는 산타 마리아 델 피오레 대성당은 우리에게는 '두오모 대성당'으로 더 잘 알려져 있는데, 연인이 함께 오르면 사랑이 이루어진다는 이야기가 전해져 '연인들의 성지'로도 불린다. 영화 〈냉정과 열정 사이〉에도 등장하는 이곳은 성베드로 대성당과 함께 이탈리아에서 가장 아름다운 두오모(돔)라는 평이 있다. 내부의 천장화 〈최후의 심판〉과 도나텔로의 스

테인드글라스, 그리고 미켈란젤로의 조각상 〈피에타〉 등 훌륭한 르네상스 작품들을 감상할 수 있다.

두오모 꼭대기로 올라가는 길은 좁고 가팔랐지만, 꼭대기 전망대에서 내려다보는 풍경은 올라가며 느꼈던 고통을 금세 날려버릴 정도로 멋졌다. 예술 조각품과 위대한 건축물이 가득한 시뇨리아 광장Piazza della Signoria에서 기타 하나로 관광객들의 발걸음을 붙잡는 거리의 악사를 만났다. 종일 걸어 다니며 구경하느라 피곤해진 다리도 쉴 겸 아이스크림을 사먹으며 솜씨 좋은 악사의 연주를 감상했다. 주변을 두리번거리니 지금은 관공서로 사용하고 있는 베키오 궁전이 보였다. 1985년 개봉한 영화 〈전망 좋은 방〉의 포스터가 이 궁전 3층의 큰 방 창문에서 두오모와 종탑이 약간씩 보이도록 촬영한 것이라는 사실과, 2층의 넓은 방의 천장에 가득 그려진 아름다운 그림을 구경하는 일이 여행자를 흥분시켰다.

해질 무렵 아르노 강변에서 시내버스를 타고 강 건너 언덕으로 한참 올라가 미켈란젤로 광장Piazzale Michelangelo에서 내렸다. 이미 많은 사람들이 피렌체 시내를 한눈에 내려다보기 위해 광장에 자리를 잡고 앉아 있었다. 발아래를 내려다보니 아르노 강과 강물에 비치는 베키오 다리의 야경이 눈에 들어왔다. 중앙에 우뚝 솟은 두오모 오른쪽으로 산타 크로체 성당과 우피치 미술관이, 그리고 왼쪽으로 피티 궁전이 보였고, 시내 뒤쪽으로 나지막한 구릉과 구릉으로 이어지는 토스카나 풍경이 펼쳐졌다. 참으로 고풍스럽고 매력적인 도시다, 피렌체는.

그레베 키안티의
아그리투리스모

피렌체 시내에서 렌트한 피아트Fiat 소형차를 운전해서 그레베 키안티Greve in Chianti에 예약해놓은 농가민박집을 찾아갔다. 애초 여행 계획을 세울 때 와인이나 올리브를 재배하는 농가에 머물며 현지인과 이야기도 나누고 현지 음식도 먹어볼 수 있는 '아그리투리스모Agriturismo(농가민박)'를 체험해보고 싶었기에 선택한 숙소였다. 피렌체 남쪽 길을 따라 도시를 벗어나자마자 토스카나의 목가적인 풍경이 펼쳐졌다. 222번 국도를 따라 40분쯤 달려 그레베 키안티 마을에 도착했다.

높고 낮은 구릉지 위로 포도밭과 올리브밭이 끝없이 펼쳐져 있는 키안티 지역은 키안티 와인을 상징하는 수탉과 '슬로시티Slowcity'의 상징인 달팽이 로고를 곳곳에서 볼 수 있어 여유로움이 느껴졌다. 숙소인 '레 세티넬레Le Cetinelle'로 가려면 그레베 시내에서 다시 산길과 포도밭 사이를 따라 5킬로미터 정도 산꼭대기를 향해 20분가량 비포장 길을 운전해야만 했다. 인터넷으로 예약할 때는 '큰길에서 5킬로미터'라고만 되어 있어서 금방 도착할 줄 알았는데, 이렇게 가파른 비포장 산길을 차로 달려야 할 줄이야… 날은 점점 저물어가고 길은 산 위로만 이어져서 당황스러워질 때쯤 숙소가 나타났다. 널찍한 포도밭은 물론이고 그 한가운데 지어진 붉은 숙소 건물과 수영장과 넓은 정원, 뭐 하나 빠질 게 없었다. 게다가 인심이 넉넉하고 정이 많은 주인장 부부, 시모네타Simonetta와 루카Luca와 이야기를 나눠보고는 그 소박함과 여유로움에 단번에 반해버렸다. 주인장 부부는 직접 포도농사도 짓고 와이너리도 운영하고 있었다.

레 세티넬레에 숙박하는 여행객들은 시내에서 사온 식재료로 공동부엌에서 직접 음식을 만들어 먹을 수 있는데, 이때 이곳에서 재배한 포도로 만든 발사믹 식초를 사용할 수도 있다. 무엇보다 와인과 과일을 마음껏 먹을 수 있는 점이 좋았다(물론 와인값은 저렴하게 책정되어 있고, 자율적으로 먹은 만큼 바구니에 돈을 넣으면 된다). 토스카나 전통 음식에 관심 있는 사람이라면 농가 안주인이 가르쳐주는 요리교실에 미리 신청해서 참가할 수도 있다. 매일 아침마다 요리 솜씨 좋은 안주인이 만든 아침식사를 먹을 수 있는 것은 이곳의 보너스.

해 뜨는 시간에 맞춰 조용히 카메라를 들고 밖으로 나와 포도밭을 사뿐사뿐 걸어보았다. 자욱한 아침안개 속에 펼쳐진 포도밭에는 새소리만 들려왔다. 그동안 도시에서 얼마나 많은 소음에 시달렸는지 깨닫는 순간이었다. 주인장 부부가 거주하는 건물 앞 정원 둘레에는 정성껏 키운 갖가지 꽃들이 만개해 있었고, 마당 한쪽에는 그네와 야외 테이블이 소박하게 자리를 차지하고 있었다.

영국이나 프랑스에서 가족 단위로 찾아오는 여행객들은 보통 한 달 이상 쉬고 간단다. 포도밭 가운데 지어진 농가에서 직접 만든 와인과 구운 빵, 신선한 치즈로 식사를 하면서 느긋하게 햇볕을 즐기는 이곳의 느린 삶에 한동안 몸을 맡기게 되면, 지나치게 바쁘게 살아왔던 도시인들의 속도감이 서서히 무뎌지게 되고 일상생활로 복귀한 뒤에는 느려진 삶의 속도를 다시 올리기가 쉽지 않을 것이다. 오래 머물면 머물수록 더 힘들어지리라.

그레베 키안티의 농가민박집, 레 세티넬레

슬로시티의 발상지,
그레베 키안티

토스카나의 그레베 키안티는 인구 1만 4,000명의 작은 전원마을로, 생각보다 아주 소박했다. 마을 한가운데 서 있는 지오반니 베라차노(이탈리아의 유명 탐험가)의 동상과 와인박물관, 와인숍을 겸한 마을 공동 와인 테이스팅센터, 슈퍼마켓과 예배당 그리고 레스토랑들이 모여 있는 큰 건물이 전부였다. 하지만 이 작은 마을이 바로 세계적으로 널리 퍼지고 있는 슬로시티운동의 발상지다.

1999년 맥도날드 등의 패스트푸드 업체가 이탈리아로 파고들어오려 할 때, 이탈리아 전통음식을 지키기 위해 그레베 키안티의 시장 '파올로 사투르니니'가 슬로푸드운동을 창안했다. 그리고 그레베, 오르비에토Orvieto, 브라Bra, 포지타노Positano, 이 네 도시의 시장들이 모여서 자연과 인간의 삶을 조화롭고 지속가능하게 하기 위해 슬로시티를 선언한 것이 슬로시티운동의 시작이었다.

슬로시티 발상지답게 곳곳에 달팽이 로고 표지판이 보였다. 여기서 '슬로Slow'란 단순히 '패스트Fast'의 반대가 아니라 환경, 자연, 시간, 계절을 존중하고 우리 자신을 존중하며 느긋하게 사는 것을 뜻한다. 그래서 슬로시티는 무한 속도 경쟁의 디지털적인 삶보다는 여유로운 아날로그적 삶을 추구한다.

느림의 미학을 기반으로 하는 슬로시티의 발상지답게 그레베 키안티 내에서는 패스트푸드 브랜드나 대형마트를 찾아볼 수 없다. 쇼핑 카트에 일주일치 먹을 분량을 잔뜩 담아서 냉장고로 옮기는 일 따위는 이곳에서는 없다. 대신, 동네 푸줏간과 야채가게에서 주인아저씨와 대화를 나눠가며 그날그날 필요한 야채와 고기를 사가고, 마을 안은 자전거로 이동하는 사람이 많다.

특히 팔로니 푸줏간Antica Macellieria Falorni은 300년이 넘는 세월 동안 8대째 가업을 잇고 있는 키안티의 명물이다. 겨울에 잡은 돼지에 소금간만 한 뒤 그늘에서 바람에 말려 2년간 숙성한 이 푸줏간의 햄(프로슈토) 때문이다. 아랫마을 판차노Panzano에는 토스카나식 티본스테이크인 '비스테카 알라 피오렌티나Bistecca alla Fiorentina'를 제대로 구입할 수 있는 푸줏간, 안티카 마첼레리아 체키니Antica Macelleria Cecchini도 있는데, 가수 엘튼 존도 이곳의 단골이란다. 이곳은 일주일에 서너 번, 저녁시간에 '토스카나식 느린 만찬(3시간에 걸쳐 진행되며 총 다섯 가지의 고기 요리가 나온다)'을 제공하는 열린 식당도 운영한다. 느린 만찬은 예약 필수다.

사실, 느리게 살기 위해서는, 또 느린 방식으로 만든 음식을 먹기 위해서는 더 부지런히 움직여야 한다. 제대로 생산된 식재료를 전통 방식으로 조리하려면 더 많은 시간과 노력이 필요하기 때문이다. 어디 음식뿐인가. 사는 방식도 마찬가지다. 자가용으로 쌩 달려 금방 도착하면 될 곳을 터벅터벅 걸어서, 또는 자전거 타고 한참을 가야 하는 슬로라이프는 그만큼 부지런해야 이룰 수 있다. 그래서인지 이곳 그레베 키안티의 사람들은 노인들도 아주 건강하고 대부분 직업을 가지고 있다. 건강한 음식을 먹고, 건강한 생활을 하기 때문일 것이다.

슬로푸드의 진수,
토스카나 요리

피사Pisa 해안지방에서 생산되는 포르치니버섯과 올리브오일, 산미니아토San Miniato에서 나는 트뤼프(송로버섯), 야생 멧돼지로 만든 햄인 프로슈토와 살라미, 그리고 키아나Chiana 지방에서 방목으로 키운 키아나 소로 만든 쇠고기, 석화로 굽는 토스카나식 티본스테이크(비스테카 알라 피오렌티나), 와이너리에서 직접 만든 발사믹, 그리고 싱싱한 치즈 등 이 지방 고유의 맛난 식재료로 만든 메뉴를 고르는 일은 토스카나 여행의 큰 즐거움이다. 숙소 안주인이 만들어주는 아침식사, 그리고 시내 레스토랑 등에서 먹어본 로컬 음식들은 이곳 와인들과 잘 어우러져 잊지 못할 추억을 만들어낸다.

'판자넬라Panzanella'는 토스카나식의 약간 딱딱한 빵(일반적으로 '스치오코'를 사용한다)을 썰어 넣고, 토마토, 붉은 양파, 오이, 바질을 섞은 다음 올리브오일과 발사믹, 소금, 후추로 간을 한 브레드Bread 샐러드다. 예전엔 농부들이 딱딱해진 빵으로 간단히 만들어 먹었던 샐러드였는데, 요즘엔 많은 이탈리아 사람들이 즐겨 먹는 음식이 되었다고 한다. 맛과 영양을 한꺼번에 얻을 수 있고, 앤초비나 모차렐라치즈(어찌나 신선하고 저렴하던지, 감동의 물결~), 삶은 달걀 등을 더 넣어서 변화를 줄 수도 있다. 역시 가난한 농부들의 간식이었던 브루스케타는 지역에 따라 부르는 이름이 다른데, 토스카나식으로는 '페뚠타Fettunta'라고 부른다. 가는 곳마다 다양한 토핑과 스프레드로 맛을 낸 브루스케타는 보는 즐거움과 먹는 즐거움을 동시에 얻을 수 있다.

1 그레베 키안티 다운타운의 레스토랑
2 토스카나 식 전채요리, 브루스케타

그리고 토끼고기 소스(!)를 얹은 '파파르델레Pappardelle 파스타', 빵과 검은 양배추로 만든 '리볼리타Ribollita 수프'도 소박한 레시피로 만든 토스카나식 전통음식들이다. 그리고 어디에서나 구입할 수 있고 먹어볼 수 있는 '피노키오나 살라미Finocchiona Salami(토스카나 특산 살라미로, 돼지고기를 마늘, 통후추, 회향 씨앗(이탈리아어로 '피노키오'), 그리고 키안티 와인으로 양념하여 만든 요리)'와 각종 치즈들, 그리고 '리차렐리Ricciarelli(말린 과일로 만든 과자)'와 '칸투치Cantucci(단맛이 나는 이탈리아식 비스킷. 전통적으로 후식용 와인인 '빈산토'와 함께 먹는다)' 등을 여건이 되는 대로 맛볼 수 있다.

토스카타에서 특히 유명한 것은 멧돼지다. 이 고장의 언덕과 숲속에 사는 야생 멧돼지들은 자연 속에서 허브와 나무뿌리, 도토리, 밤, 버섯, 심지어는 송로버섯까지 먹어 치운다. 야생에서 좋은 먹거리를 먹고 자란 덕분에 멧돼지고기는 그 풍미가 대단해서 토스카나 지방의 별미요리에 속한다. 다양한 멧돼지고기 레시피가 오래도록 전해져 내려오고 있고, 푸줏간에서는 이 멧돼지고기를 이용한 소시지와 살라미를 만들어 파는데, 인기가 아주 좋다.

3천 년 전통 이탈리아 와인의 원조, 토스카나 와인의 매력

그레베 키안티 시내에 위치한 마을의 공동 와인 테이스팅센터 '레 칸티네 Le Cantine di Greve in Chianti'에서는 토스카나에서 생산되는 모든 와인을 시음할 수 있다. 즉 먼저 시음카드를 구입한 다음 와인잔을 들고 다니

면서 원하는 와인을 조금씩 마셔볼 수 있다.

나는 티냐넬로Tignanello와 사시카이아Sassicaia의 좋은 빈티지를 포함해서, 토스카나 지역의 6개 DOCG급(이탈리아 와인 등급 중 최고 등급) 와인들 중에서 한국에서는 쉽게 맛볼 수 없는 것들을 위주로 몇 개 시음했고, 저녁에 숙소에서 마실 와인도 구입했다. 그리고 숙소로 돌아오는 길에 마을 가게에 들러 신선한 모차렐라치즈와 토마토와 갓 구운 빵을 구입했는데, 마치 장보러 나온 그레베 주민이 된 기분이었다.

키안티 와인은 호리병 모양의 병을 짚으로 감싼 형태가 독특한데, 밭에서 일하던 농부들이 짚으로 싸고 새끼줄로 매서 허리춤에 차고 있다가 갈증 날 때 한 잔씩 마셨기 때문이다. 키안티 와인은 이 독특한 병 포장 방식의 전통을 유지함으로써 다른 와인들과의 차별화에 성공했는데, 소비자들의 기억 속에 제대로 자리 잡게 만든 일등공신인 셈이다. 더욱이 이 키안티 메이커 중에는 10세기 때부터 32대에 걸쳐서 와인을 만들어온 곳도 있다니, '와인의 원조'라는 말이 빈말은 아닌 듯했다.

점심식사를 위해 미리 예약해둔 카스텔로 디 베라차노Castello di Verrazzano 와이너리를 방문했다. 키안티 시내에서 가까워서 많은 이들이 찾는 이곳의 점심 투어는 뉴욕을 발견한 모험가였던 이 성의 옛 성주의 조상인 베라차노에 대한 소개와 베라차노라는 지명의 유래['멧돼지(Verra)'가 사는 '지역(Zzano)'이라는 의미]를 설명하는 것에서 시작해 베라차노 와인을 곁들인 훌륭한 로컬푸드 런치로 끝났다.

그리고 키안티 주변의 유명한 와인 산지들 가운데 들른 또 다른 곳은 몬탈치노Montalcino와 산지미냐노San Gimignano. 몬탈치노 입구에 들어서자 멀리 언덕 중턱에 오래된 고성이 하나 보였는데, 바로 이탈리아 최대 와이너리 중 하나인 '카스텔로 반피Castello Banfi'였다. 이곳에서 와인 시음과 더불어 좋은 빈티지의 브루넬로 디 몬탈치노Brunello di Montalcino를 한 병 골랐다. 그리고 키안티로 돌아오는 길에 산지미냐노를 둘러보았다. 올리브 나무의 초록빛 잎들이 햇빛에 반짝거렸고, 붉은 흙 위로 포도송이가 익어가는 풍경은 한 폭의 그림 같았다. 황토 화분에 심어놓은 갖가지 색깔의 꽃들이 창가에 가득한 소박한 집들이 옹기종기 모여 있는 '산지미냐노'와 고즈넉한 돌담길로 둘러싸여 중세의 모습을 그대로 간직한 '몬탈치노'는 와인의 자부심과 함께 그곳을 지켜온 그곳 사람들과 더불어 내 기억 속에 영원히 자리매김할 것이다.

최고의 드라이브 코스
키안티 와인로드와 시에나

토스카나 최고의 드라이브 코스는 '키안티 와인로드'라고 불리는 시에나 키안티 구간인데, 그레베 키안티에서 222번 도로를 달려 시에나까지의 구간을 일컫는다.

올리브 나무가 줄지어 서 있는 초원을 차로 내달리는 기분은 한마디로 환상적이었는데, 넓게 펼쳐진 구릉 위로 간간이 중세 시대에 지어진 성채와 집들이 보였다. 구릉 사이로 하늘을 찌를 듯이 높이 솟은 사이프러스 나무들, 그리고 굽이치는 포도밭 풍경과 앙증맞은 마을들을 보면서 가는 이 길은 종일 운전해도 피곤하지 않을 것 같았다. 이 동화 같은 풍경에 매료되어 구릉을 하나씩 넘을 때마다 감탄사를 연발했다. 도로 옆으로 키안티 클라시코Chianti Classico(키안티 와인 중에서도 토양과 기후 조건이 좋은 곳을 '키안티 클라시코'라고 하며, 병목에 수탉 문양이 있는 것이 특징이다)의 크고 작은 와이너리와 고성들이 많기도 했고, 포도밭과 구릉 사이로 토스카나의 정취를 흠뻑 느끼면서 천천히 달릴 수 있는 정말 멋진 길이었다.

시에나는 13, 14세기를 풍미했던 르네상스 예술을 그대로 간직한 고도古都로서, 중세의 유적과 예술을 고스란히 보존하고 있어서 세계문화유산으로 지정된 곳이다. 위쪽으로는 피렌체까지 키안티 와인로드가 이어지고, 아래쪽으로는 몬탈치노, 몬테풀치아노로 연결되어 있어서 '토스카나 와인 삼총사'인 키안티, 브루넬로 디 몬탈치노, 비노 노 빌레 몬테풀치아노를 찾아갈 수 있는 중간 위치다.

시에나 시내로 들어와 구시가가 있는 언덕을 올려다보니 고풍스러운 중세 성곽이 한눈에 들어왔다. 캄포 광장에서 시에나 두오모(산타마리아 대성당. 이탈리아 유일의 고딕성당)로 가는 길은 관광객들로 만원이었다. 두오모가 가까워지자, 어디서 아코디언 소리가 들려왔다. 성당 마당에서 한 거리의 악사가 헨델의 곡을 아코디언으로 연주하고 있었다. 아름다운 선율에 이끌려 성당 구경도 잊은 채 한참을 넋 놓고 앉아 아코디언 연주를 감상했다. 생각지 못한 감동을 안겨준 악사에게 팁을 두둑하게 준 뒤 성당 입구로 들어섰다.

성당 정면 곳곳에 놓여 있는 조반니 피사노Giovanni Pisano의 고딕 조각들을 카메라에 담고 성당 안으로 들어서는 순간, 흰색과 진녹색이 어우러진 성당 내부의 거대한 기둥 숲에 압도되고 말았다. 건물 외부는 물론이고 바닥부터 기둥과 천장까지 시에나 두오모는 예술이 아닌 것이 없었다.

생명을 살리는 슬로라이프
삶의 철학을 바꿔야

평일은 물론이고 주말에도 회사일에 매달려 개인의 삶을 잊고 살았던 HS는 회사 비상회의를 하던 중에 갑자기 쓰러져서 응급실로 실려 갔다. 재빨리 병원으로 후송하는 조치가 없었다면 심근경색으로 사망했을지도 모를 긴급한 상황이었다. 평소 일에 쫓겨 불규칙하게 생활해온 데다가 당뇨와 고혈압까지 있어 그가 쓰러지는 것은 시간문제였다.

퇴원 후 며칠 만에 내 진료실을 찾은 그에게 회복에 필요한 한약을 처방해주었지만, 사실 HS에게 약보다 더 중요한 것은 느린 방식으로 라이프스타일을 바꾸는 것이었다. 잠자는 시간도 아껴가며 회사일에 열심이었던 에너지를 이제는 자신의 생명을 보살피는 데 사용해야 한다. 그러려면 무엇보다도 자신의 몸과 마음을 되돌아보고, 천천히 주변을 걸어보며, 오랜 시간 공들여 만든 올바른 음식을 먹어가며 사는, 달팽이 같은 삶을 살겠다는 결심이 그에게는 필요하다.

느린 음식, 느린 삶,
그리고 느린 여행

토스카나 지방 사람들은
대리석 욕조나 화려한
침실, 최첨단 가전제품은
가지고 있지 않지만, 어느 집이나 빵을 구울 수 있는 화덕과 와인
저장실은 빠짐없이 갖추고 산다. 중세 시대에서 시간이 멈춘 듯, 세
월과 전통을 품은 멋진 생활방식인 것이다.

슬로라이프가 삶의 밑바탕이 되면 인생을 즐길 시간이 다가오
고, 사람에 대한 정도 생기며, 이런 넉넉한 마음 덕분에 건강한 몸도
유지될 수 있지 않을까? 여행도 패러다임을 바꿔야 한다. 시간을 쪼
개서 숨 가쁘게 여러 도시, 여러 나라를 둘러보기보다는 마음에 드
는 한곳에 오래 머물면서 그곳 생활과 정서를 경험하는 여행으로
말이다. 그리고 대도시 여행보다는 소도시나 시골 여행으로 바꿔야
하지 않을까? 작은 마을을 천천히 걸으면서 정취를 느끼다보면 여
러 도시를 바쁘게 돌아다니는 것보다 오히려 더 많은 것을 얻어갈
수 있으리라. 그레베 키안티에서 와인 체험과 함께 이곳 사람들의
슬로 문화를 경험할 수 있었던 것처럼 말이다. 그리고 느린 여행으
로 인해 여행자는 마음의 평안을 충분히 얻을 수 있을 것이다.

"여행과 삶의 속도는 행복감과 반비례한다!"

| 슬로푸드 / 로컬푸드 건강학 |

'슬로푸드'와 '로컬푸드'는 현대의 가장 핫한 건강 식생활 방법이다. 햄버거나 샌드위치로 대표되는 패스트푸드가 속도와 효율성을 앞세워 대량생산·기계생산하는 것에 반해, 슬로푸드는 품질 좋은 전통 식재료를 가지고 시간이 걸리더라도 전통 방식으로 조리해서 미각의 즐거움을 살리고 전통음식을 보존함으로써 삶의 속도를 늦춰주는 음식을 말한다.

손수, 천천히, 정성껏 만든 음식을 먹는다는 것은 그만큼 손이 많이 가고 시간이 오래 걸린다. 그러나 환경친화적인 로컬푸드 재료를 가지고 음식이 천천히 만들어지는 과정에서 삶의 기쁨을 찾고, 건강도 회복할 수 있는 가장 빠른 길이다. 발효음식으로 이루어진 전통 한식은 이미 슬로푸드로 인정을 받고 있다. 그리고 와인이나 지방 명주 등의 전통술 또한 슬로푸드다. 그래서 슬로푸드는 건강식의 대명사로 인식되고 있다.

로컬푸드는 장거리 운송을 거치지 않은 반경 50킬로미터 이내에서 생산된 지역 농산물로, 생산자와 소비자 간의 운송거리가 짧아 영양과 신선도를 최대한 유지할 수 있다. 로컬푸드로 음식을 만든다면 식재료의 신선도 보장은 물론이고 물류이동거리가 짧아져 탄소배출량을 줄일 수 있다. 환경 파괴도 줄이고 지역경제도 활성화시키는, 일석이조의 방법이다.

건강 식단은 중한 병에 걸렸을 때에야 비로소 선택하게 되는 것이어서는 안 된다. 평소에 건강한 로컬푸드 식재료와 아날로그 조리법으로 식탁을 차리면 건강을 지키는 기본은 하는 셈이다.

📝 이안의 여행 수첩

| 여행 일정 |

첫째 날 : 인천 → 두바이 →
　　밀라노(비행기)
둘째 날 : 밀라노 → 친퀘테레 →
　　피렌체(기차)
셋째 날 : 피렌체 시내(도보)
넷째 날 : 피렌체 → 그레베 키안티(렌터카)
다섯째 날 : 키안티 근처
여섯째 날 : 키안티 → 몬탈치노 → 시에나 → 산지미냐노 → 키안티
일곱째 날 : 키안티 → 피렌체(렌터카 반납) / 피렌체 → 밀라노(기차)
여덟째 날 : 밀라노 출국
아홉째 날 : 인천 도착

| 토스카나 관련 영화 |

· 푸치니의 여인(Puccini e la Fanciulla / 파올로 벤베누티·파올라 바로니 감독 / 2008) : 토스카나 지방을
　배경으로 찍은 이탈리아 영화.
· 전망 좋은 방(a Room with a View / 제임스 아이버리 감독 / 1985) : 피렌체 곳곳을 감상할 수 있는
　영국 영화.
· 토스카나의 태양(Under the Tuscan Sun / 오드리 웰스 감독 / 2003) : 토스카나 풍광을 볼 수 있는
　미국 영화.
· 냉정과 열정 사이(나카에 이사무 감독 / 2001) : 연인들의 영원한 사랑을 약속하는 장소인 피렌
　체의 두오모에서 만나기로 한 연인의 이야기를 그린 일본 영화.

| 토스카나 관련 책 |

· 천재들의 도시 피렌체(김상근 / 21세기 북스 / 2010) : 단테, 라파엘로, 미켈란젤로, 메디치, 조토, 카라바조 등의 피렌체 천재들이 이뤄낸 르네상스 시대의 이야기를 들려준다.
· 토스카나, 달콤한 내 인생(The Reluctant Tuscan / 펄 도란 / 푸른숲 / 2006) : 미국 할리우드식 생활방식에 젖어 있던 저자가 이탈리아 토스카나의 작은 시골 마을로 이주해서 살아가는 이야기가 담겨 있다.

| 레스토랑 정보 |

· 피렌체 / 오스테리아 데벤치Osteria dè Benci : 키아나 쇠고기를 석화에 구운, 맛난 토스카나식 비프스테이크를 맛볼 수 있다.
주소 Via dè Benci, 13/r, 50122 Firenze | www.osteriadeibenci.it
· 피렌체 / 칸티네타 베라차노Cantinetta dei Verrazzano in Florence : 키안티 지방의 베라차노 와이너리에서 직영하는 곳.
주소 Via dè Tavolini, 18/r, 50122 Firenze | www.verrazzano.com/en/the-place
· 그레베 키안티 시내 / Nerbone di Greve : 토스카나식 피자, 샐러드, 스테이크를 맛볼 수 있다.
주소 Piazza Matteotti, 50022 Greve in Chianti Firenze | http://nerbonedigreve. com

| 크레베 키안티 관련 정보 |

· 농가민박, 레 세티넬레Le Cetinelle : www.cetinelle.com
· 마을 공동 와인 테이스팅센터, 레 칸티네Le Cantine di Greve in Chianti : www.lecantine.it
· 팔로니 푸줏간Antica Macellieria Falorni : www.falorni.it
· 판차노의 푸줏간, 안티카 마첼레리아 체키니Antica Macelleria Cecchini : www.dariocecchini.blogspot.com

미코노스와 산토리니, 그리고 지중해,

그리스

자유의지 회복 | Greece

유럽의 중고등학교와 미국의 명문 고등학교에서는 그리스어를 학생들에게 가르친다. 그리스어는 3500년의 역사를 지닌, 현존하는 가장 오래된 언어이며 서양의 철학, 자연과학 그리고 문학이 그리스어로부터 나왔기 때문이다. 서양문화의 뿌리인 그리스어를 배우는 것은 어원을 공부하는 것이나 마찬가지다. 한자를 많이 알면 우리말의 의미를 더 잘 이해할 수 있는 것과 같은 이치다.

그리스어는 한마디도 할 줄 모르면서 그리스 여행을 계획하게 된 데는 아시아 이외의 지역을 여행하면서 그 역사의 뿌리인 그리스를 여행해보지 않았다는 것에 스스로 물음표를 던졌기 때문이다. 그리스를 여행하지 않고 다른 곳을 여행하는 것은 영화의 전반부를 건너뛰고 중반부부터 보는 것이나 마찬가지라는 생각이 들었다.

사실, 그리스에 대해 알고 있는 것은 얼마 되지 않는다. 민주주의의 종주국, 신화와 올림픽의 나라, 소크라테스, 플라톤, 아리스토텔레스, 선박 왕 오나시스, 소프라노 마리아 칼라스, 가수 나나 무스쿠리, 국민배우이자 문화부 장관을 역임한 멜리나 메르쿠리,《그리스인 조르바》를 쓴 니코스 카잔차키스, 그 유명한〈조르바의 테마〉작곡가이자 민주투사인 미키스 테오도라키스, 그리고 현대사를 좌우한 파판드레우와 카라만리스 두 정치 가문이 내가 알고 있는 전부다.

그리스를 여행지로 정해놓고서 솔직히 다소 행복한 고민을 했다. 산토리니Santorini냐, 미코노스냐Mykonos를 두고 말이다. 아시아에서는 아직도 산토리니가 대세지만, 유럽에서는 미코노스를 손에 꼽는다. 그리스 여행의 로망, 이 두 군데를 결국은 모두 가보기로 했다.

미코노스와
무라카미 하루키

아테네공항에 도착한 뒤 에게안항공Aegean Air 국내선으로 갈아타고 다시 45분을 날아 미코노스로 곧장 갔다. 미코노스는 펠로폰네소스 반도와 터키의 소아시아 반도, 크레타 섬 등으로 둘러싸인 에게 해Aegean Sea의 1,500여 개의 섬 가운데서 가장 아름다운 섬으로 꼽힌다. 공항에 착륙하면서 비행기 창문으로 내려다본 미코노스는 감청색 바다와 어우러진 하얀색 집들로 아주 인상적이었다. 경사진 언덕에 들어선 낮고 하얀 집들, 그리고 작은 골목과 하얀 계단들이

눈에 띄었다.

미코노스 공항에는 숙소에서 보낸 공항셔틀이 도착해 있었다. 숙소로 가는 길에 보이는 마을의 집들이 그리스, 그리고 미코노스에 드디어 도착했음을 실감나게 했다. 하얗게 칠한 벽에 작게 뚫린 창문과 테라스에 걸려 있는 앙증맞은 화분들, 그리고 무수히 많은 교회의 종탑들이 찻길 옆으로 지나갔다. 미코노스의 면적이 서울의 6분의 1에 불과하나 교회는 400여 개가 된다니, 섬 전체가 교회 종탑으로 덮여 있다고 해도 틀린 말이 아니었다. 참으로 특이한 곳이었다.

여행에세이 《먼 북소리》에서 무라카미 하루키는 "일본에 그대로 있다가는 일상생활에 매여 속절없이 나이만 먹어버릴 것 같았다"라며, 미코노스에서 한 달 반 동안 생활하면서 느꼈던 이야기들을 담담하게 풀어낸다. 연립주택 마당에 줄을 쳐놓고 문어 말리는 사진이나 풍로를 이용해 석쇠에 생선을 굽는 사진은 여행자의 소박한 일상을 보여준다. 만사 느긋한 그리스인들 때문에 생긴 에피소드나, 정이 많고 씩씩하며 활기찬 사람들(하루키식 표현을 빌리자면 '조르바계 그리스인')과 더불어 지내는 소소한 일상들은 하루키의 손끝에서 흥미롭게 그려졌고, 단순 여행기 이상의 울림을 주었다. 내가 그토록 미코노스에 가보고 싶었던 이유는 어쩌면 하루키의 책 때문이었는지도 모르겠다.

**스쿠터 타고
미코노스를 누비다**

숙소 옆 가게에서 스쿠터 한 대를 빌려 타고 해변 몇 군데를 둘러보기로 했다. 가방 안에 수영복과 해변에서 쓸 타월 한 장을 말아 넣은 뒤 가볍게 출발~. 9월에도 한낮에는 선탠과 수영이 가능해서 해변에는 사람들이 제법 많았다. 수영복과 바닥에 깔 타월 한 장, 읽을 책 한 권만 있으면 해변을 즐기기에 부족함이 없었다.

그러나 미코노스 전체가 해변과 관광객으로 넘쳐나는 것은 아니었다. 원래 미코노스는 아담한 어촌 마을이어서 항구에는 고기를 잡는 어부의 배들이 정박해 있었고, 그 어촌 옆에는 하얗게 단장한 그리스 전통 레스토랑 '타베르나Taberna'가 줄지어 있었다. 그래서 미코노스는 어디를 가든 레스토랑에서 싱싱한 해산물 요리를 먹을 수 있었다. 차지키Tzatziki 소스를 조금 곁들여 먹는 생선구이와 칼라마리Calamari(통오징어구이)의 맛은 지금도 잊을 수가 없다. 한국인의 입맛에도 잘 맞아 하루 한 끼는 꼭 해변 레스토랑에서 생선구이에 차지키를 곁들여 먹었다.

항구 근처 뒷골목에서 미코노스의 명물, 펠리컨을 만났다. 관광객들을 따라다니는 모습이 생소하면서도 신기했다. 신항구에 머물던 크루즈선에서 단체로 내린 여행객들로 갑자기 항구 골목이 시끌벅적해졌다. 이럴 때는 번잡함을 피해 골목 사이사이에 있는 갤러리로 숨어드는 것이 상책이다.

미코노스 최고의
일몰 포인트

낮에는 스쿠터를 타고
나가 평화로운 해변에서
일광욕이나 수영과 낮잠

을 즐기다가, 해질 무렵에는 다운타운 서쪽의 리틀 베니스에서부터 바닷가 쪽으로 길게 늘어선 카페 발코니에 자리를 잡고 앉아서 시간을 보냈다. 일몰 한 시간 전부터 발코니 자리를 차지하기 위해 관광객들이 모여들었다. 다들, 그리스 전통술 '우조Ouzo'나 그리스 맥주 '미토스Mythos'를 홀짝거리며 해가 지기를 기다리는 모습이었다.

리틀 베니스 쪽의 해변 카페들은 최고의 일몰 감상 포인트여서 저녁마다 일몰 전후 두 시간은 사람들로 북적거렸다. 이곳 발코니에 턱을 괴고 앉아 일몰을 감상하다가 축배를 드는 사람들, 우조를 홀짝이는 생면부지의 옆 사람들에게까지 '야마스Yamas(건배)'를 외칠 정도로 일몰이 연출하는 장관은 일품이었다.

발코니 아래에서 철썩대는 파도소리와 우유빛깔의 우조, 그리고 무아지경으로 일몰을 바라보는 관광객들, 이렇게 미코노스의 밤이 시작되었다. 해지는 아름다운 모습을 저녁마다 여유 있게 감상하는 것으로 시작되는 미코노스의 밤은 새벽까지 축제 같은 열기로 뜨거웠다. 매순간이 여행자에게는 감동으로 다가왔다.

산토리니 번화가,
피라 마을에 도착하다

미코노스를 뒤로 하고, 에
게 해 남쪽 키클라데스제
도 최남단에 떠 있는 칼
데라Caldera(화산체의 중심부 또는 화산 가까운 지역에 만들어진 웅덩이처럼 움푹 파인 지형) 화산섬,
산토리니로 향했다.

페리로 2시간 30분쯤 달렸을까, 산토리니의 아티니오스 신항
구의 풍경이 눈에 들어왔다. 바다로 트인 항구 앞쪽을 등지고 가파
른 절벽이 병풍처럼 버티고 있는 항구의 모습에 페리에서 내릴 준
비를 하던 사람들이 감탄을 내질렀다. 멀리 칼데라 절벽 끝에 다닥
다닥 올라붙어 있는 하얀색 집들이 보였다. 사진으로만 봐오던 아
름다운 풍경 앞에서 '아~' 하는 감탄사만 터져 나왔다.

초승달 형상의 산토리니는 여섯 마을로 이루어져 있고, 이중
북쪽의 이아Oia 마을과 중앙의 피라Fira 마을에 사람들이 몰려 살고
있다. 나는 미리 예약해둔 숙소로 발길을 옮겼다. 산토리니 구석구
석까지 구경하고 싶은 마음에 숙소는 섬 중앙에 위치한 다운타운,
피라 마을에 얻어놓았다. 숙소로 가기 위해 절벽 위에 지그재그로
아슬아슬하게 나 있는 커브길을 택시를 타고 올라갔다. 잠시 뒤 택
시 차창 밖으로 맹렬하게 내리쬐는 태양빛에 몽땅 탈색된 듯이 온
통 하얀 건물 일색인 마을이 보였다. 미로처럼 복잡한 골목에는 아
기자기한 선물가게와 옷가게, 세련된 카페와 갤러리, 호텔들이 가득
했다.

숙소 체크인을 하고 마을을 돌아보았다. 피라 마을은 전 세계

산토리니 풍경

에서 모여든 여행자들로 붐볐지만, 어디에서도 호객 행위를 볼 수는 없었고 대신 정겨운 사람냄새만 물씬 풍겼다. 이곳의 그리스 남성들은 소설에 나오는 낙천적인 '조르바'를 꼭 닮았다. 정 많고 친절하며 경쾌한 조르바를.

피라 마을은 언제, 어디서든 활기가 넘쳤다. 아침에는 마을 중심지인 테토코풀루 광장 주변 거리에서 이곳 주민들이 갓 잡은 생선을 내다팔았고, 낮에는 거리 곳곳이 관광객들로 넘쳐났다. 그리고 밤이 되면 이곳은 동화의 마을처럼 예쁜 모습으로 다시 태어났다. 흰벽으로 만들어진 좁은 골목길은 온통 푸른색 대문과 창문을 가진 예쁜 집들과 레스토랑으로 가득한데, 상점과 레스토랑은 저마다 개성 있게 촛불과 조명으로 은은하게 골목을 밝혔다. 미로처럼 얽힌 이 아름다운 골목길을 밤 시간에 배회하는 것은 산토리니에 체류하는 큰 즐거움 중의 하나였다. 땡볕 아래 낮 시간에 잠깐 다녀가는 크루즈 여행객들은 이 즐거움을 알 수 없을 것이다.

당나귀의 쉼터 공간에 지은 동굴호텔들

피라 마을 아래에 있는 구항구까지 내려갔다가 올라오면서 그 유명한 산토리니 동키택시Donkey Taxi(일명 당나귀 택시)를 타봤다. 이곳 당나귀는 과거에 부두에서부터 마을까지 사람과 물자를 실어 날랐던 전통 운송 수단으로, 산토리니의 위대한 유산 중 하나다. 지금도 당나귀는 이곳에서 꽤 중요한 역할을 하고 있는데, 성수기에는 관광객을 실어 나르고 비수기에는 건축자재를 운반하고 있단다. 아찔한 절벽에 나 있는 580계단을 당나귀 등에 올라타고 천천히 오르는 경험은 산토리니에서만 가능할 터. 가파른 계단을 올라가는 당나귀의 고삐를 놓칠 새라 꼭 틀어잡고 몸의 긴장을 풀자 당나귀 등의 움직임이 느껴졌다.

부두에서부터 마을까지 케이블카가 설치되기 전까지만 해도 이곳의 유일한 운송수단이었던 당나귀, 케이블카가 설치된 뒤로는 그 쓰임새가 많이 줄었다고 한다. 게다가 물자를 운송하던 당나귀들이 잠시 쉬어가던 절벽 동굴들도 더 이상 필요 없게 되었다. 그 대안으로 만들어진 것이 동굴호텔Cave Suit이다. 기존 동굴에 문을 달고 내부를 침실과 욕실로 꾸며 호텔로 개조한 것이 지금 볼 수 있는 동굴호텔들이다.

마을에는 산토니리에서만 볼 수 있는 멋진 동굴호텔들이 한 집 건너 하나씩 들어서 있었다. 내가 묵었던 숙소 역시 객실 일곱 개짜리의 동굴호텔이었는데, 정문 안쪽의 야외 수영장 옆으로 급경사면에 만들어놓은 계단을 올라가면 한 층에 딱 두 개씩 룸이 있었다. 아래층 룸의 천장 부분은 내 방의 테라스로 사용되었고, 룸마다 현관을 열면 눈앞에 바로 코발트색 지중해가 보이는 구조였다.

피라 마을의 골목은 너무 좁고 계단이 많아 자동차가 들어올 수 없기에 숙소 주변은 그야말로 소음이 없는 청정 휴식처였다. 뜨거운 햇볕을 쬐며 테라스에 앉아 책을 읽어도 되고, 차가운 모히토

산토리니를 안고 있는 코발트빛 바다

Mojito를 홀짝이며 아름다운 야외 수영장 주변의 선베드에 누워서 바다와 하늘을 번갈아 쳐다보며 절대휴식을 취해도 되는 자유가 이곳엔 넘쳐났다.

이아 마을에서 마주친,
세상에서 가장 아름다운 일몰

숙소가 있는 피라 마을에서 스쿠터를 타고 20여 분쯤 북쪽으로 달리면 이아 마을 주차장에 도착할 수 있다. 우리나라 텔레비전 광고에 나왔던 하얀색 벽과 푸른색의 둥근 돔 지붕이 코발트빛 바다와 어우러진 장면은 바로 이아 마을에서 촬영된 것이다. 화산이 터져 생긴 가파른 절벽 꼭대기에 다닥다닥 올라가 있는 하얀 집들이 스카이블루를 띤 하늘을 배경으로 그림처럼 앉아 있었다.

낮 동안 산토리니 곳곳에 퍼져 있던 여행자들은 해질 무렵이면 이아 마을로 모여든다. 산토리니에서도 가장 아름다운 일몰을 볼 수 있는 곳이기 때문이다. 그리고 모두들 골목 끝 축대 위에 자리를 잡고 앉아 일몰의 순간을 기다린다.

드디어 일몰이 시작되었다. 벌건 태양이 하얀 마을을 온통 붉게 물들이며 수평선 너머로 사라지는 모습은 가히 호흡이 멎을 정도로 극적이었다. 노을빛에 물들어가는 이아 마을의 흰 집들과 그리스 정교회의 돔과 십자가 색깔이 시시각각 변하는 모습을 바라보면서 그 환상적인 색감에 할 말을 잊어버렸다. 이 순간을 인간의 언어로 어떻게 표현할 수 있을까? 바다 너머로 태양이 완전히 자취를 감추자 이내 하늘빛이 어둡게 변해갔다. 긴 여운을 남기면서 태양이 사라진 밤, 스쿠터를 타고 피라 마을의 숙소로 돌아오는 길에 잠깐 멈춰 서서 주변을 둘러보았다. 그리고 절벽 아래 펼쳐진 암청색의 바다와 멀리 이아 마을의 전경을 눈에 담았다.

산토리니의 검은 해변에서
에게 블루의 바다 속으로

산토리니 면적은 제주도의 4분의 1, 스쿠터로도 한나절이면 섬 전체를 돌아볼 수 있다. 자동차로는 섬 끝에서 끝까지 한 시간이면 갈 수 있는 크기다. 그러나 이곳을 달리다보면 블루와 화이트의 조화가 주는 평화로운 풍경에서 눈을 뗄 수가 없었고, 그래서 이 작은 섬에서만 가능한 아기자기한 체험들이 더 특별하게 다가왔다. 산토리니에 체류하면서 아침저녁으로 마주하는 이곳의 바다도 다른 곳의 바다와는 구분되는 절대 파랑의 압도적인 매력을 풍겼다. '에게 블루Aegean Blue'라고 불리는 이 매력적인 블루는 바다에만 있는 것이 아니라, 산토리니 곳곳에 존재했다. 하얀색 일색인 집집마다 지붕과 창문, 대문은 온통 블루로 칠해져 있어서 시선을 사로잡았다. 그 뒤로 다른 공간에서 블루를 보더라도 산토리니가 연상되는 반응이 생겼다.

태양빛을 어깨에 온전히 맞으며 스쿠터를 몰고 '카마리 해변Kamari Beach'을 찾아갔다. 산토리니를 대표하는 해변으로, 뒤쪽에 위치한 고대 티라 산이 마치 해변을 감싸고 있는 듯했다. 화산재의 모래 때문에 해변이 검은색이라 '블랙 비치'라고도 불리는데, 1킬로미터가 넘는 해변을 덮고 있는 모래와 자갈도 온통 검은색이었다. 해변은 아늑하고 깨끗했다. 성수기가 지난 탓에 조금은 조용한 해변에서 토플리스 차림으로 해바라기를 하고 있는 여성들이 눈에 띄었다.

산토리니의 와인 마을, 피르고스
그리고 최고의 맛집, 셀레니

산토리니 여행의 또 다른 즐거움은 작열하는 태양 아래서 자란 이곳의 포도로 와인을 만드는 와이너리를 구경할 수 있다는 것, 그리고 국내에서는 맛보기 힘든 산토 와인Santo Wine을 마셔보는 것이었다. 특유의 화산 토양에 내리쬐는 태양빛 그리고 적정한 기온을 가진 산토리니는 품질 좋은 포도 농사가 가능해서 섬 대부분이 포도밭으로 조성돼 있었다.

산토리니의 와인 역사는 무려 3500년 전으로 거슬러 올라가는데, 소규모 와이너리가 밀집한 피르고스Pyrgos 마을에는 와인 박물관까지 갖춰져 있었다. 와이너리 투어 겸 와인 시음을 위해 산토 와인에 잠깐 들렀다. 와인 제조의 역사를 말해주는 비디오를 보여주고, 산토 와인을 곁들여 식사도 할 수 있는 레스토랑과 멋진 테라스를 갖춘 곳이어서 성수기 때는 관광객들로 넘쳐났을 것 같았지만, 9월이라 한산했다.

언덕에 성채가 있는 마을, 피르고스에 위치한 산토리니 최고의 맛집, 셀레니Selene를 찾았다. 산토리니 현지 재료를 이용한 독자적인 지중해식 요리를 내놓는 쿠킹스쿨 겸 레스토랑이었다. 원래 피라 마을에 있었는데, 좀 더 가까이에 자체 소유 농장과 와이너리를 두기 위해 피르고스 마을로 위치를 옮겼단다.

셀레니에서 점심식사와 함께 산토리니산 화이트 와인을 맛보았다. 밭에서 막 따온 신선한 야채 위에 올려진 부드러운 페타치즈(그리스식 치즈), 그리고 신선한 올리브 열매와 각종 해산물로 차려진 식탁은 먹기가 아까울 정도로 완벽했다. 산토리니에서 생산한 식재료만 사용한다더니, 보기만 해도 그 싱싱함이 전해져 오는 것 같아 기분이 좋았다. 이곳의 비결은 신선한 재료를 이용한 전통 그리스 음식에 현대적인 감수성을 담아낸 것, 셀레니는 제대로 된 맛집이었다.

고대의 신화와 전설이
살아 있는 아테네

비행기로 55분 만에 산토리니 여행의 마지막 여정인 아테네 공항에 도착했다. 미리 예약해둔 숙소는 옥상 야외 레스토랑에서는 아크로폴리스Acropolis가, 룸의 큰 창문으로는 제우스 신전Temple of Zeus이 보이는 곳에 위치해 있었다.

아테네Athens에서는 아크로폴리스부터 찾아가야 한다. 그리스의 심장인 아테네에서도 최고로 치는 걸작품들이 다 모여 있는 곳이

1 아크로폴리스 언덕 위에 지어진 파르테논 신전
2 아크로폴리스 야경이 보이는 레스토랑

기 때문이다. 아크로폴리스 안의 많은 건축물 중에서 가장 관심을
끄는 것은 아크로폴리스의 상징, 파르테논Parthenon 신전이다. 이 신전
은 그리스 문화를 하나의 건축물로 압축해놓은 것이라고 이야기해
도 될 만큼 그리스의 화려했던 역사와 신화를 보여주고 있다. 아테
네의 수호 여신, 아테나를 모시던 신전에서 교회로, 모스크로 그리
고 무기고와 화약고로까지, 지배자에 따라 그 용도가 이리저리 변
하다가 폭격을 당해 지금은 지붕도 날아가고 벽도 다 무너져 없어
진 모습이다. 그러나 남아 있는 건물 일부분과 기둥에 새겨진 조각
에서 원래의 모습이 얼마나 화려했던가를 짐작할 수 있다. 그리스
최고 실력의 건축가와 조각가들이 만든 걸작 중의 걸작이라는 평
을 듣는 건축물인 만큼 현재 진행 중인 복원 공사가 쉽지는 않을
것 같다.

　아크로폴리스 바로 근처에는 2007년에 새로 지은 뉴 아크로폴
리스 박물관이 들어서 있다. 유리와 대리석으로 절제미를 살린 이
멋진 공간에는 아크로폴리스에서 발굴한 고대 유물들이 차곡차곡
보관 및 전시되어 있다. 넓은 부지에 현대적인 미니멀리즘 디자인으
로 우뚝 서 있는 박물관을 직접 보니 부러움이 앞섰다. 넓게 열린
공간에서, 유리를 통해 들어오는 빛까지 함께 감상하도록 만들어진
이 멋진 박물관에서 고대 그리스 세계로 정신없이 빠져들어 갔다.
이 박물관 자체가 아테네를 빛나게 하는, 하나의 기념물이었다.

조르바의 춤 시르타기와
그리스 블루스

아테네 시내 구경을 마치고 저녁을 먹으러 들른 플라카Plaka 지구의 한 레스토랑에서 그리스 전통춤을 신나게 추면서 손님들을 즐겁게 하는 춤꾼들을 만났다. 그리스의 전통춤도 호응이 좋았지만, 역시나 이날 최고의 인기는 조르바 춤, 시르타키Sirtaki였다. "나는 자유다!"라고 몸으로 말하는 듯한 이 춤은 그리스 전통춤을 변형시킨 것이다. 소설 《그리스인 조르바》의 저자 '니코스 카잔차키스', 소설을 영화로 만든 감독 '미카엘 카코야니스', 이 춤곡의 작곡자 '미키스 테오도라키스', 그리고 영화 속에서 이 춤을 추었던 배우 '안소니 퀸'이 탄생시킨 새로운 그리스 춤이다.

영화 속에서 조르바는 현실의 억압에서 벗어나서 자신이 원하는 대로 행동하는 자유의지의 표현으로 이 춤을 춘다. 그리스 전통의 향기가 담긴 부주키Bouzouki(기타처럼 생긴 그리스 민속악기)의 선율로 시작되는 전주가 나올 때부터 이미 추는 사람이나 보는 사람이나 흥겨워지기 시작하는 묘한 매력이 있다.

성악가 '아그네스 발차'의 노래로 익숙한 〈기차는 8시에 떠나네To Treno Fevgi Stis Okto〉류의 그리스 전통가요 레베티카Rebetika 그리고 좀 더 현대적인 라이카Laika는 포르투갈의 전통음악인 '파두Fado'만큼이나 우수에 젖은 듯한 분위기를 내는데, 음악을 듣는 내내 독특한 선율과 회색빛 서정성이 확실히 느껴졌다. 그리스 대중가요는 이탈리아의 칸초네나 프랑스의 샹송, 아르헨티나의 탱고와는 다르게 우리 정서와 잘 맞는 것 같다. 그래서 1960~70년대에 한국에서 나나 무스쿠리가 그렇게 인기가 좋았나 보다.

그리스 음악에 항상 등장하는 부주키의 울림이 너무 좋아서 아테네 시내의 한 레코드 가게에서 시디CD 음반을 두 개 구입했다. 레코드 가게 주인은 '그리스의 블루스'라고 불리는 전통가요 레베티카로 구성된 시디를 추천해주었다. 아마 그 시디를 들을 때마다 그리스에서 만난 조르바계 그리스인들이 생각나겠지?

그리스에서 가장 아름다운 드라이브 코스, 그리고 포세이돈 신전

여행 마지막 날, 아침 일찍 체크아웃하고 숙소를 나섰다. 행선지는 수니온 곶Cape Sounion. 아테네 숙소에서 출발한 버스는 에게 해에 면한 해안 도로를 따라 남쪽으로 달렸다. 알고 보니 그리스에서 가장 아름다운 드라이브 코스로 꼽히는 길이란다. 해안 풍경도 물론 좋았지만, 이곳이 세간의 관심을 끌게 된 이유는 따로 있었다. 그리스 선박왕 오나시스와 재클린 케네디가 이곳에서 많은 시간을 보낸 후 유명해졌단다. 그리고 영화 〈페드라〉에서 주인공역을 맡은 앤서니 퍼킨스가 스포츠카를 몰고 해안도로를 질주하다가 바다로 뛰어드는 장면을 찍은 곳이기도 했다.

91번 해안도로를 1시간 30분 넘게 달리던 버스가 이윽고 멈췄다. 수니온 곶에 도착해 기원전 6세기경, 파르테논 신전과 같은 시

기에 지어졌다는 포세이돈 신전Temple of Poseidon에 들렀다. 1800년대 초에 이곳을 찾았던 바이런Baron Byron(영국을 대표하는 낭만파 시인)이 신전 기둥 안쪽에 이름을 새겨 넣었다고 하는데, 울타리가 쳐져 있어서 바이런의 흔적을 직접 볼 수는 없었다. 대신 영어 가이드가 바이런의 시를 외워서 읊어주었다.

"수니온 대리석 절벽 위에 나를 세워라. / 그곳에 있는 것은 나와 파도뿐. / 나와 파도와 서로의 속삭임을 들어라."

바다의 신을 모신 신전을 세우면서 이곳 사람들은 바람과 파도가 잔잔해지기를 기원했을 것이다. 이곳을 찾는 여행자들도 자신들 앞에 놓인 인생의 바다가 잔잔해지기를 기도할 테지.

늘 남의 눈을 의식하던 리처드가 용기를 얻다

수니온 곳의 한 카페에서 커피를 마시며 아테네로 돌아가는 버스를 기다리던 중, 혼자 여행 온 영국 청년 리처드Richard와 대화를 나누게 되었다. 나도 그리스에서의 마지막 여행지가 수니온 곳이고, 리처드도 마찬가지여서 동질감이 느껴졌다. 서로, 그리스 여행을 마치는 소감에 대해 이야기를 나눴는데, 그는 그리스 여행 후에 달라진 자신에 대해 어렵게 이야기를 꺼냈다.

무얼 하든 남의 눈을 의식하게 되고 늘 불안해서, 이대로 계속 런던에 있다가는 미쳐버릴 것 같아서 직장도 그만두고 무작정 여행

길에 오른 지 6개월이 넘었단다. 그리스에 도착한 뒤로 이곳이 너무 좋아서 거의 한 달 정도 머물렀는데, 그리스를 마지막으로 이제 다시 런던으로 돌아갈 용기를 얻었다고 했다. 리처드는 낙천적이고 쾌활한 그리스인들에게 많은 영향을 받았다고, 그래서 지금껏 길에서 만난 수많은 조르바계 그리스인들에게 감사하다고, 자신의 자유의지가 회복되었음을 이번 여행에서 확실히 깨달았다고 고백했다. 마지막으로 그는 "이제 런던으로 돌아가면 남의 눈을 의식하지 않고 자신만의 방식대로 즐겁게 살 수 있을 것 같다"고 말했다.

리처드와 대화하는 중에 내가 치료하고 있는 불안증 환자 몇 사람이 머릿속에 떠올랐다. 그들에게 권해야겠다. 이곳에 와서 조르바들을 만나보라고, 여행이 끝나면 완전히 달라진 자신을 만나게 될 거라고 용기를 주어야겠다.

그리스에서만 먹을 수 있는 특별한 먹거리

그릭요거트Greek Yogurt는 그리스 전통 발효 유제품으로, 지방 함량과 칼로리는 낮으면서 단백질 함량은 높은 건강식이다. 주로 염소젖으로 만드는데, 일반 요거트에 비해 단백질과 칼슘 함량이 두 배는 더 높아서 몇 년 전부터 미국에서는 학교 급식 메뉴에 그릭요거트를 추가할 것을 권장하고 있다. 이 요거트는 그리스 어디에서나 가볍게 사 먹을 수 있어서, 여행 내내 디저트로 즐겨 먹었다. 일반 요거트에 비해 점성이 높고 더 고소한 게 내 입맛을 사로잡을 만했다.

그리스인들에게 아침은 그리스식 커피 한 잔과 담배 한 개비라는 말이 있다. 그만큼 커피를 즐긴다는 이야기인데, 이 그리스식 커피가 참 독특하다. 커피 원두가루를 거르지 않고, 물과 같이 끓여서 그대로 나온다(터키 커피도 이와 비슷하다). 그래서 절반쯤 마시고 나면 컵 바닥에 가라앉아 있는 커피 원두가루를 발견할 수 있다. 맛은 더 진하고 감칠맛이 나긴 하지만, 커피 원두가루가 보일 정도까지 마신 다음에는 미련 없이 커피잔을 내려놓아야 한다.

그리스 음식에는 전통 소스인 차지키가 꼭 같이 나온다. 그릭 요거트에 곱게 간 오이와 다진 마늘 그리고 허브와 식초 등을 넣어 맛을 낸 소스로, 매콤하면서도 약간 짠맛이 나서 고기나 빵에 찍어 먹으면 느끼한 맛을 상쇄해주기 때문에 많이 먹게 된다. 처음 맛보았을 때는 낯설었지만, 여행하는 내내 모든 음식에 곁들여 나오는 차지키에 차츰 익숙해졌다. 식사 도중에 차지키가 바닥이 나면 부리나케 더 채워달라고 독촉까지 할 정도로.

그리스의 전통술, 우조는 한국으로 치면 소주에 해당하는 서민 술이다. 한 번 걸러낸 포도주의 포도껍질을 압축한 후 아니스 열매를 첨가해서 만든 증류주다. 길쭉한 잔에 따랐을 때는 분명 투명색이었는데, 물이나 얼음을 타면 우유색깔로 변한다. 도수가 소주의 2배여서 여유를 가지고 천천히 음미하면서 마셔야 취하지 않는다. 그리스의 타베르나(대중식당)에 가면 대부분의 사람들은 식사와 함께 '우조'부터 주문한다. 그리스 전통음식인 그릭샐러드Greek Salad나 수블

라키Souvlaki(꼬치구이), 무사카Moussaka(야채고기볶음)와 함께 마시면 그 향과 맛이 어우러져 일품이다. 타베르나에서는 우조를 병째로 팔기보다는 잔으로 팔기 때문에 음식에 곁들여서 한두 잔 정도 주문하면 되고, 어떤 곳은 음식을 주문하면 우조 한 잔을 서비스로 내오기도 한다.

죽기 전에 에게 해를 여행할 행운이 있기를

종교를 초월한 자유의지를 그린 작품들로 인해 그리스 정교회와 로마 가톨릭교회로부터 신성모독으로 비판을 받았으며, 결국 그리스 정교회로부터 파문당해 죽은 후 크레타 섬에 묻힌 니코스 카잔차키스의 묘비에는 "나는 아무것도 바라지 않는다. 나는 아무것도 두려워하지 않는다"라고 쓰여 있다.

《그리스인 조르바》에서 카잔차키스는 현실이라는 굴레의 억압에서 벗어나 자기 자신이 원하는 대로 행동하는 자유인 조르바를 통해 책을 읽는 사람 스스로가 진정한 자유의지가 무엇인지 되묻게 만든다. 그리스 여행 중에 수없이 많은 조르바들을 만날 수 있었고, 나는 그들로부터 아무것에도 속박되지 않는 자유로움을 배울 수 있었다. 그래서 카잔차키스는 "죽기 전에 에게 해를 여행할 행운을 누리는 사람은 복이 있다"라는 글을 남겼나 보다.

"자유의지가 필요한 자는 그리스로 갈지니!"

| 지중해 건강식, 그리스 요리의 비밀 |

그리스인들은 술도 많이 마시고, 고칼로리의 고기 요리도 즐겨 먹는다. 그런데도 세계적으로 장수하는 민족이 그리스인이다. 그 비밀은 다음의 세 가지다.

첫 번째 비밀은 신선한 식재료다. 그리스인의 식탁에 오르는 야채들 대부분은 건조한 날씨와 토양 때문에 하우스재배가 아닌 자연재배 농법으로 생산된다. 그래서 밀과 감자를 비롯해서 각종 야채와 과일들이 싱싱하고 맛이 정말 좋다. 양과 염소는 나무가 드물고 풀이 풍부한 드넓은 땅에 방목해서 키우는데, 그 덕에 고기의 품질 또한 최고다. 더욱이 온 나라를 둘러싸고 있는 바다에서 잡아오는 해산물과 생선은 종류도 다양하고 맛과 신선도도 아주 우수하다.

두 번째 비밀은 올리브와 올리브유다. 올리브는 역사로 보면 그리스의 상징이기도 한데, 아테네의 수호신 아테나가 사람들에게 가져다준 선물이 바로 올리브나무다. 그리스인들은 이 올리브를 너무나 사랑한다. 세계 최대의 올리브 생산국이 그리스임에도 불구하고 그 많은 생산량을 국내에서 대부분 다 소비하기 때문에 수출할 물량이 없다. 그리스 국민 한 명이 일 년에 사용하는 올리브유는 20킬로그램, 이것은 한국인이 먹는 김치의 양보다도 많은 수치다. 한국인들이 김치를 곁들여 먹듯이 그리스인들은 올리브 열매를 절여서 다양한 음식에 곁들인다. 그리고 그리스인은 오래전부터 올리브유를 약으로도 사용해왔다. 소화가 안 될 때, 감기 기운이 있을 때 올리브유를 듬뿍 먹으면 병이 물러간다고 믿을 정도다.

모든 그리스 음식에 거의 빠지지 않고 들어가는 올리브유는 실제로도 페놀과 토코페놀 같은 항산화물질이 들어 있어서 콜레스테롤 수치를 낮춰주고 동맥경화를 방지하며 심장병을 예방하는 등 노화를 방지하고, 피부를 곱게 만들어주는 장수 식품의 전형적인 효능을 가지고 있다.

세 번째 비밀은 요리 방식이다. 그리스 음식의 요리 방식은 마늘, 양파, 바질, 타임, 회향열매 등의 향신료를 다른 지중해 나라들보다 더 많이 사용하는 편이며, 케이퍼나 레몬즙, 오렌지즙 같은 천연 조미료를 사용한다. 그리고 올리브유를 많이 사용하고, 그 조리법의 대부분이 식재료의 맛을 살려주는 단순한 방법이다.

🖋 이안의 여행 수첩

그리스
아테네
포세이돈 신전
미코노스
산토리니

| 여행 일정 |

첫째 날 : 인천 → 이스탄불 → 아테네 → 미코노스
(비행기)

둘째 날 : 미코노스

셋째 날 : 미코노스 → 델로스 → 미코노스(배)

넷째 날 : 미코노스 → 산토리니(페리)

다섯째 날 : 산토리니

여섯째 날 : 산토리니 → 아테네(비행기)

일곱째 날 : 아테네

여덟째 날 : 아테네 → 수니온 곶 / 포세이돈 신전(버스)

         수니온 곶 → 아테네공항(버스)

         아테네 → 이스탄불 → 인천(비행기)

| 여행 적기 |

그리스 여행의 적기는 5월과 9월이다. 에게 해의 섬들은 6~8월이 성수기인데, 5월과 9월에
가면 여행비용이 저렴할뿐더러 성수기에 비해 훨씬 덜 복잡해서 편안하게 여행을 즐길 수
있다. 다만, 가을에는 을씨년스러운 분위기가 가득하고, 겨울에는 매서운 바람과 함께 대
부분의 상가들이 문을 닫기도 해서 이때는 에게 해의 섬을 찾아갈 이유가 굳이 없다.

| 그리스 관련 영화 |

· 희랍인 조르바(Alexis Zorbas / 마이클 카코야니스 감독 / 안소니 퀸 주연 / 1964) : 동명의 베스트셀러
소설을 영화화한 작품(국내에 소개된 소설 제목은 《그리스인 조르바》).

· 지중해(Mediterraneo / 가브리엘 살바토레 감독 / 1991) : 2차 세계 대전 당시 그리스의 작은 섬에
보내진 이탈리아 군인들이 본국과 소식이 끊어진 채 그곳 주민들과 행복하게 지내는 이
야기. 에게 해의 아름다운 풍경을 감상할 수 있는 이탈리아 영화.

· 셜리 발렌타인(Shirley Valentine / 루이스 길버트 감독 / 폴린 콜린스 주연 / 1989) ː 평범한 일상에 지친 가정주부가 2주간의 그리스 여행으로 자아를 되찾는다는 이야기.

· 맘마미아(Mamma Mia / 필리다 로이드 감독 / 메릴 스트립 주연 / 2008) ː 그리스의 작은 섬을 배경으로 찍은 뮤지컬 영화(실제로 그리스 스키아토스 섬과 스코펠로스 섬 등에서 촬영함). '아바ABBA' 노래와 더불어 그리스의 자연을 감상할 수 있다.

· 페드라(Phaedra / 줄스 다신 감독 / 멜리나 메르쿠리, 안소니 퍼킨스 주연/ 1962) ː 그리스의 비극적인 신화를 현대적으로 재해석한 고전영화.

| 그리스 관련 책 |

· 그리스 로마 신화(이윤기 / 웅진) ː 탁월한 이야기꾼이자 신화학자인 저자가 서구 중심의 시각에서 탈피하여 우리 정서와 상상력으로 풀어낸 그리스 로마 신화 이야기.

· 먼 북소리(무라카미 하루키 / 문학사상사 / 2004) ː 하루키가 1986년 가을부터 1989년 가을까지 3년간 유럽을 여행하면서 느낀 점을 솔직하게 기록한 여행기.

· 그리스인 조르바(니코스 카잔차키스) ː 호탕하고 쾌활한 자유인, 조르바가 펼치는 영혼의 투쟁을 풍부한 상상력으로 그려낸 소설.

| 이동 수단 |

· 아테네 → 미코노스 ː 비행기와 쾌속선, 페리가 다닌다. 국내선 비행기는 올림픽항공과 에게안항공이 있고, 45분 소요된다. 고속 페리는 약 3시간, 일반 페리는 약 5시간 30분이 소요된다.

· 미코노스 → 산토리니 ː 고속 페리로 2시간 30분 정도 소요된다.

· 산토리니 → 아테네 ː 비행기와 고속 페리가 다닌다. 비행기는 55분. 고속 페리는 4시간 정도 소요된다.

· 전 구간 페리 예약 ː 헬레닉 씨웨이Hellenic Seaway / 비수기에는 페리 운행을 하지 않는 구간이 많다. www.hellenicseaways.gr

| 기타 정보 |

· 산토 와인Santo Wine ː www.santowines.gr
· 산토리니의 셀레니 레스토랑Selene Restaurant ː www.selene.gr

떠나는 용기

혼자 하는 여행이 진짜다

초판 1쇄 발행 2015년 5월 13일
초판 2쇄 발행 2015년 12월 10일

글·사진 정이안
펴낸이 이범상
펴낸곳 ㈜비전비엔피·이덴슬리벨

기획편집 이경원 박월 윤자영 강찬양
디자인 최희민 김혜림 이미숙
마케팅 한상철 이재필 김희정
전자책 김성화 김소연
관리 박석형 이다정

주소 우)04034 서울특별시 마포구 잔다리로7길 12(서교동)
전화 02)338-2411 **팩스** 02)338-2413
홈페이지 www.visionbp.co.kr
이메일 visioncorea@naver.com
원고투고 editor@visionbp.co.kr

등록번호 제2009-000096호

ISBN 978-89-91310-73-5 (03810)

이 도서의 국립중앙도서관 출판시도서목록(CIP)은 서지정보유통지원시스템 홈페이지(http://seoji.nl.go.kr)와 국가자료공동목록시스템(http://www.nl.go.kr/kolisnet)에서 이용하실 수 있습니다.(CIP제어번호 : CIP2015012252)